KB076383

노인을 위한
나라는 있다

노인을 위한 나라는 있다

초판 1쇄 발행 2024년 1월 31일

지은이 정성문
발행처 예미
발행인 황부현
편 집 박진희
디자인 김민정

출판등록 2018년 5월 10일(제2018-000084호)

주소 경기도 고양시 일산서구 중앙로 1568 하성프라자 601호
전화 031)917-7279 **팩스** 031)918-3088
전자우편 yemmibooks@naver.com
홈페이지 www.yemmibooks.com

ISBN 979-11-92907-32-1 03810

• 책값은 뒤표지에 있습니다.

노인을 위한 나라는 있다

정성문 장편소설

예미

이 소설 속의 배경이 되는 공화국은 모두 가상의 국가다.

위대한 국가들은 젊은이들에 의해 붕괴되고
노인들에 의해 유지되고 회복된다.

- 마르쿠스 툴리우스 키케로 (BC 106 ~ BC 43)

목차

김한섭 씨가 이 땅의 새 대통령으로 취임하였다.

김한섭 씨는 친구들과 서울 한복판에 있는 산에 올랐다가 당혹스러운 일을 겪었다. 우연히 야당의 대통령 후보를 만난 것이다.

당선이 유력한 그 후보는 연신 등산객들과 눈 맞춤을 하고 악수하느라 몹시 분주했다. 그는 활력이 넘쳐 보였으며, 등산객들의 즉석 건의 사항을 경청하는 듯 가볍게 고개를 끄덕이며 공감을 나타내기도 했다. 행동거지에는 한 나라의 대통령 후보다운 기품이 있었다.

후보자가 뭐라고 지시하자 곁에 있던 수행원이 재빨리 태블릿을 꺼내 사람들의 건의 사항을 기록했다. 후보자의 자상한 태도에 등산객들은 손뼉을 치면서 환호했다.

그런 후보자를 보고 김한섭 씨 일행이 다가가자 짙은 색안경을 쓴 경호원들이 막아섰다.

"이쪽으로 오시면 안 됩니다."

그 가운데 한 청년이 양팔을 쫙 벌리며 김한섭 씨 일행에게 다가왔다. 아마도 인파가 한꺼번에 후보자에게 몰리지 않게 하기 위한 조치인 듯했다.

그러자 김한섭 씨 일행 중 한 명이 몹시 언짢은 투로 항의했다.

"우리도 국민이고 유권자요. 왜 막는 거요?"

이렇게 말하면서 그는 경호원의 팔을 가볍게 툭 밀고 후보 가까이 다가가려 했으나 건장한 경호원은 원래 그 자리에 있던 단단한 나무처럼 꿈쩍도 하지 않았다.

"이 자가 정말, 후보님, 얼굴 좀 보자는데…… 거 너무하는구먼."

일행 중 다른 사람이 경호원에게 삿대질하며 목소리를 높이자, 후보자 주위에 몰려 있던 등산객들이 일제히 고개를 돌려 한섭 씨 일행을 쳐다봤다.

그때였다.

후보자가 경호원들에게 물러나라는 손동작을 하더니 천천히 김한섭 씨 일행에게 걸어와 미소를 지으며 일일이 손을 잡아주었다.

"김한섭이라고……"

김한섭 씨도 일행에 껴서 얼결에 손을 내밀긴 했지만, 손을 잡는 것인지 그저 스치는 것인지 눈 깜작할 새에 후보자는 김한섭 씨와 일행을 지나갔다.

'김한섭이라고 합니다. 사회부 장관을 지냈죠. 민주사회의당 국회의원이었구요.' 이렇게 말하면, '오, 그래요? 알아 뵙지 못해 죄송합니다. 하지만 이렇게 뵙게 되어 정말 반갑습니다. 제발 절 좀 도와주십시오.'라며, 후보자가 허리를 90도로 숙이는 그림을 그려 보았으나, 한섭 씨는 후보자에게 자신을 소개할 짧은 기회조차 가질 수 없었다.

한섭 씨는 겸연쩍은 듯 후보자가 지나간 후에도 잠시 그대로 손을 내밀고 있었다. 아무 일 아닐 수도 있지만, 순간 그는 이상하게 서운하고 부끄러운 마음이 들었다. 그래도 한때 장관에 국회의원까지 지냈는데, 나를 모른다는 말인가. 사실 장관 한 차례 지내고 국회의원에 두 번 당선됐다고 해서 누군가 알아보고 언제까지나 기억해주길 바라는 것은 무리다. 그걸 알면서도 한섭 씨는 몹시 서운했던 것이다.

김한섭 씨 일행을 스치듯 지나간 후보자는 지지자 무

리에 둘러싸여 기념사진을 찍더니 반대편으로 빠르게 사라져 버렸다. 김한섭 씨는 후보자의 뒷모습을 그저 물끄러미 한참 동안 바라볼 뿐이었다.

낙타와 바나나 우유

등산은 김한섭 씨가 그리 좋아하는 운동은 아니다. 대신에 적어도 한 달에 두어 번은 꾸준히 라운딩을 즐기는 한섭 씨는 드라이브 거리만큼은 누구에게도 뒤지지 않을 자신이 있었다.

공무원이 왜 골프를 쳐야 하는지 모르던 한섭 씨가 골프를 배운 건 유학 시절이었다. 동료들은 유학을 떠나는 한섭 씨에게 환경 좋은 곳에서 원 없이 치고 오라고 했다.

과장과 국장 승진을 앞두고 파견된 유엔 산하의 국제기구에서는 영어가 딸리는 한섭 씨에게 특별히 일거리를 주지도 않았다. 파견하는 국가에서 급여를 부담하니 그저 마지못해 받는 눈치였다.

"미스터 킴, 당신 특별한 잡도 없는데, 왜 더 있으려고 하는 거죠?"

어느 국제기구에서 파견 근무를 하던 한섭 씨가 기한 만료를 앞두고 파견 기간 연장을 신청하자, 슈퍼바이저가 진지한 표정으로 이렇게 물었다.

"이유는 당신이 알 필요 없고, 돌아가면 어차피 다른 사람이 오게 되어 있으니 내가 이곳에 좀 더 머물러야겠소."

"당신 나라에서는 도대체 왜 자꾸 사람을 보내는 거요? 설마 영어 배워 오라고 보내는 것은 아니겠지?"

한섭 씨가 파견 근무 연장을 신청한 건 함께 온 가족들 때문이었다. 아내도 돌아가기 싫어했지만, 초등학교를 외국에서 다닌 아이들은 귀국해서 상급 학교에 진학하는 것을 극도로 꺼렸다. 많은 고급 공무원들이 기러기 아빠 신세가 되는 건 이런 이유에서였다. 언젠가는 홀로 돌아가는 때가 오겠지만 한섭 씨는 아이들이 어렸을 때 가족들과 조금이라도 더 시간을 함께 보내고 싶었다.

반드시 팀을 만들어야 하는 국내와 달리 단독 라운딩도 가능한 해외에서 달리 할 일이 없던 한섭 씨는 마치 고시 공부하듯 골프에 매진했다. 석박사 과정과 두 번의 파견 근무를 통해 근 십 년 가까이 해외에서 상주하면서 한섭 씨의 골프 실력은 크게 성장했다. 그때 익힌 골프 실력은 나중에 골프광인 해외파 대학교수가 장관으로 부임했을 때 아주 유용했다.

한섭 씨는 장관급 전직 고위 관료들과 함께하는 골프 모임이 따로 있었지만 등산하는 지인들과도 시간을 보내기 위해 가끔은 산에도 올라 막걸리도 푸고 그랬다.

관료 출신인 한섭 씨는 이런저런 모임에 나가는 일이 잦은 편은 아니었다. 그의 참석을 바라는 모임은 많았다. 하지만 한섭 씨는 어쩌다 나가더라도 가볍게 눈도장이나 찍고 오는 정도지 꼬박꼬박 챙기지는 않았다. 관료는 아는 사람이 많으면 많을수록 신경 쓸 일도 많아지는 직업이었다.

모임에 소극적이던 한섭 씨의 성향이 적극적으로 바뀐 건 정치에 입문하고 나서다. 정치인으로 변신한 후에는 각종 모임을 주도하고 없던 모임을 만들기도 했다. 대학 동문회는 물론이고 가끔 나가던 고등학교 동기회에도 자주 얼굴을 디밀었으며 중학교와 초등학교 동창회를 설립해서 회장을 맡기도 했다. 그뿐 아니라 각종 골프 동호회,

등산 동호회, 조기 축구회에도 부지런히 나가서 자신을 팔았다. 조직을 만들고 관리하는 모습에 지인들은 정치인 한섭 씨를 다시 보게 되었다. 친구는 못 만들더라도 적은 만들지 않는 넓고 얕은 인간관계, 그것이 정치인이 세상과 소통하며 살아가는 방식이었다.

한섭 씨가 자주 가는 고급 골프장의 클럽 하우스에서 자주 마주치는 사회 지도층급 인사들과는 대개 형식적인 관계였다. 그래서 누가 먼저 인사를 건네오거나 악수를 청하더라도 특별한 감회를 느끼지는 못했다.

하지만 산에서 내려와 주점에서 일행들과 파전이나 두부김치 등을 안주로 막걸리를 마실 때, 자신을 알아보고 눈인사라도 건네는 사람을 만나면 그렇게 반가울 수가 없었다. 간혹 폰을 들고 와 다정한 목소리로 장관님이라고 부르며, 한섭 씨와 셀카를 찍는 여성들도 있었다. 그럴 때면 친구들은 이렇게 말했다.

"우리 한섭이, 아직 살아 있네."

"다 그런 맛에 정치도 하고 벼슬도 하는 거지."

대통령에 출마한 야당 후보는 원래 노동운동을 하던 인물이었다.

‘내가 국회 노동위원회 소속 의원이던 시절, 어쩌면 그 후보가 날 만나기 위해 줄을 서서 기다렸을지도 모르는 일 아닌가. 그런데 날 보고도 모른다고?’

순식간에 여기까지 생각한 한섭 씨는 주위를 둘러보았다. 다들, 후보자가 다른 사람은 몰라도 한섭 씨를 그냥 지나친 게 제 일이라도 되는 듯, 아쉬운 표정이 가득했다. 그들의 표정을 읽으며 한섭 씨는 송구스러운 마음마저 들었다.

일행 중에서는 자신이 으뜸이었다. 누군가 자신에게 산에 가자고 하면 가지 않을 순 있어도 자신이 가자고 할 때 거절하는 주변 사람들은 별로 없었다.

‘나를 몰라본 게 아니라 당적이 달라 일부러 모르는 체 한 게 아닐까.’

한섭 씨는 이렇게 생각하며 스스로 위안했다.

그날 한섭 씨는 산을 오르면서도 숨 가쁜 줄 몰랐으며, 몇 차례나 오른 곳임에도 정상에 서서도 그곳이 정상인 줄 몰랐다.

“그 많던 고층 아파트가 다 어디로 갔지?”

한섭 씨가 아래를 내려다보며 일행에게 물었다.

"지금 무슨 말을 하는 거야? 다 철거했잖아. 폭파했다고."

한섭 씨의 머릿속에서는 후보자가 자신을 스쳐 지나간 일이 좀처럼 지워지지 않았다.

"사람을 그렇지 않게 봤는데 말야."

"천하의 김한섭을 모르고도 대통령 후보라 할 수 있나?"

등산과 하산 내내 그리고 고깃집에서도 일행들은 야당 후보를 욕했다.

산에서 내려온 사람들의 표정에서는 마치 히말라야라도 다녀온 것처럼 즐거움과 자신감이 묻어났다. 하긴 사람들이 입고 쓰고 메고 있는 등산용품의 브랜드만 보면 고깃집이 아니라 K2 아래의 어느 산장이라고 해도 될 것이었다.

시기가 시기인 만큼 테이블 여기저기에서는 선거에 관한 이야기가 봇물이 넘치듯 터져 나왔다. 그 야당 후보를 만나 함께 찍은 사진을 돌려보는 사람들도 있었다.

"가까이서 보니까, 중후하면서도 사람 겸손하고 자상하더라. 악수를 하도 많이 해서 보통은 손을 제대로 쥐지도 못한다던데, 내 손을 꼬옥 잡아주더라고."

후보와 악수한 손을 들어 올려 감격스러운 눈빛으로 바라보던 한 중년 여성이 쪽 소리 나게 자신의 손에 입을 맞추고는 일행에게 떠벌렸다.

한섭 씨는 여전히 정치와 사회 문제에 관심이 많았다.

'지금이라도 입각하면 잘할 수 있을 텐데……'

산행을 마친 그는 일행을 보내고 홀로 산 아래의 암반수 사우나를 찾았다.

여주인이 한섭 씨를 보고 반가운 표정을 지으며 냉장고에서 바나나 우유를 꺼내 건넸다. 갈증이 몹시 심했던 그는 카운터 여주인이 내민 바나나 우유를 단숨에 들이켰다.

"어, 시원하다. 잘 마셨습니다."

골프가 취미, 등산이 운동이라면 사우나는 한섭 씨의 생활이었다. 아주 오래전부터 한섭 씨는 사우나에서 하루를 시작하고 마무리했다. 단골 사우나의 카운터는 '아침에 오시더니 저녁에도 또 오셨군요.'라며 그를 환영했다. 낯선 곳에서도 한섭 씨는 목욕탕 굴뚝이나 온천 마크가 눈에 띄면 사막을 건너다 물 만난 낙타처럼 마음이 편안해졌다.

정치 활동을 하고 나서 한섭 씨는 사우나와 찜질방을 유권자들과 만남의 장소로 활용했다. 의원 시절, 한섭 씨가 보이지 않으면 비서들은 으레 가까운 곳의 사우나부터 찾았다. 사람들은 장관을 지낸 고위급 인사가 동네 대중 사우나에 들러 머리도 다듬고 때를 미는 모습을 희한하다는 표정으로 쳐다보기도 했다. 그럴 때마다 한섭 씨는 아무렇지도 않다는 듯, '보세요, 이 김한섭이는 여러분과 똑같은 사람입니다.'라며 웃고 다가가 먼저 악수를 청하기도 했다.

유세 기간이 시작되면 한섭 씨는 아침저녁으로 자신의 지역구에 있는 대중 사우나를 한 곳도 빠짐없이 순회하며 유권자들을 만났다. 함께 벗었다는 것 이상의 스킨십은 없었다. 국가 간에도 잘 풀리지 않는 문제가 있으면, 문화가 허용하는 범위에서 정상 간에 함께 발가벗고 사우나를 하면 어떨까, 한섭 씨는 종종 이런 생각을 하기도 했다. 가령 미국 대통령과 중국 주석이 함께 발가벗고 탕이나 사우나 도크 안에 들어가 있는 장면 같은 거 말이다. 거기에 무슨 전략이나 음모나 가식 따위가 있겠는가. 사람들이 자신처럼 사우나를 즐긴다면 세상은 좀 더 평화로워질 거라고 한섭 씨는 믿었다.

그에게 사우나는 그저 땀 빼고 광내러 가는 곳이 아니라 마음을 정화하는 교회 같은 곳이었으며, 병원이기도 했다. 실제로 사우나를 교회처럼 신성한 곳으로 여긴다는 핀란드에서는 사우나에서 고치지 못하는 병은 의사도 못 고친다는 속담도 있다고 하지 않는가. 한섭 씨는 자신의 건강 비결이 골프도 등산도 아닌 사우나라고 굳게 믿었다. 오랜 외국 생활 중에 한섭 씨가 가장 견디기 어려웠던 일은 사우나에 갈 수 없는 것이었다. 한섭 씨가 장관이 된 후에 그의 단골 사우나는 상호를 '김한섭 장관 사우나'로 바꿨다.

후보자를 만난 일을 되새기던 한섭 씨는 활력이 넘치던 젊은 후보자의 모습과 자신을 비교하며 머리끝까지 온몸을 천천히 입수시켰다. 그렇게 꼭꼭 자신을 숨겨버렸다.

물속에서의 시간은 마치 살바도르 달리의 녹아내린 시계로 재는 것처럼 흐느적거리며 무척 더디게 흘렀다.

달리의 시간

하나, 둘, 셋, 넷, 다섯, 여섯, 일곱, 여덟, 아홉, 열, 여얼하나, 여얼두울, 여얼세엣, 여얼네엣, 여얼다섯, 여얼여섯, 여얼일곱, 여얼여덟, 여얼아홉, 스무울……

얼마나 흘렀을까.

"그마안."

'금테안경'의 명령에 한섭의 등과 뒤통수를 짓누르고 있던 억센 손이 풀렸다. 한없이 느리게 흐르던 시간이 정상 속도를 찾았다.

"후우……"

한섭은 크게 숨을 들어 마셨다가 내쉬었다.

"이 자식이 어디서 엄살을 떨어."

덩치 큰 사내가 이렇게 말을 뱉으며 한섭을 바닥에 내동댕이쳤다. 두 손이 뒤로 결박된 한섭은 힘없이 고꾸라져 그대로 바닥에 무릎을 꿇었다.

“애인이냐? 대학생? 예쁘게 생겼다. 이 아가씨도 운동권?”

‘금테안경’이 한섭의 지갑에서 사진을 빼보며 물었다.

한섭은 대답 대신 힘없이 고개만 저었다.

열흘 전이었다. 독재정권에 맞설 강력하고도 효율적인 단일 조직의 결성을 위해 한섭을 비롯한 몇 사람의 학생들이 한 학생의 자취방에 모였다.

그간의 학생운동 조직은 통일학생연맹, 민주화투쟁학생모임, 민족해방청년단 등 투쟁 노선과 이념에 따라 여러 갈래로 나뉘어 있었으며, 서로를 신뢰하지 않았다. 이에 한섭을 비롯한 일부 학생들이 추구하는 노선의 다름에도 불구하고 단일 대오 결성의 필요성을 절감한 것이다.

학생들은 통합 조직의 명칭을 전국대학생반독재투쟁연합이라 짓고 미 제국주의 축출, 군사독재 타도, 민중민주주의 쟁취, 통일 조국 건설 등 4대 투쟁 노선을 채택했다. 경찰의 추적을 피하기 위해서 의장으로는 그동안 운동권에 얼굴을 잘 드러내지 않은 한섭의 학교 선배 이명훈을 선출했다.

사흘 후, 각 단체의 대표자들과 수천 명의 대학생이 한섭의 학교에 집결했다. 우려했던 것과 달리 검문검색이 없어 학생들은 편안하게 학교에 들어갈 수 있었다. 한섭과 주동자들은 보안 유지가 잘 되었다고 생각하며 흡족해했다. 하지만 약속 시각이 다 되어서도 이명훈이 나타나지 않자 학생들이 하나둘씩 동요하기 시작했다.

'잘못된 거 아니냐'라든지, '예감이 안 좋다'고 불안해하는 학생들도 있었으나 예정된 결성식을 미룰 수는 없었다.

"한섭이 니가 대신 사회 좀 봐라."

선배 한 사람이 초조해하는 한섭에게 말했다.

"형, 제가요?"

"그래. 프로그램도 직접 짰고 너 말 잘하잖아. 왜? 내가 하리? 그냥 진행만 해."

빠바밤 빠바밤 빠바바바밤~

학생들이 드보르작의 교향곡 제9번 「신세계로부터」의

4악장 도입부를 입으로 연주했다.

"안 나오면 쳐들어간다, 쿵짜라쿵짝!"

이명훈이 끝내 나타나지 않았으므로 한섭이 엉겁결에 임시 의장을 맡아서 행사를 진행했다. 저학년인 한섭이 전국대학생반독재투쟁연합의 리더로 알려진 것은 그래서다.

행사는 순조롭게 진행되었다. 마지막 순서로 독재자 인형에 불을 붙이고 전국대학생반독재투쟁연합이 결성되었음을 선포하려는 순간이었다. 정문과 후문 방향에서 중무장한 경찰 병력이 페퍼포그를 앞세우고 들이닥치기 시작했다. 일부 학생들은 우선 가까이 있는 도서관 건물에 들어간 뒤 책상과 의자, 책장 등으로 바리케이드를 설치했다.

최동원이 낫냐? 선동열이 낫냐?

당시 롯데 최동원과 해태 선동렬의 맞대결은 현실 세계에서는 절대로 일어날 수 없는 사자와 호랑이, 마징가Z와 로보트 태권V 그리고 이소룡과 성룡의 가상 대결만큼이나 야구팬들의 비상한 관심을 모았다. 사람들은 속구와 변화구를 두고 선동렬이 더 빠르다든지 최동원의 낙폭이 더 크다며, 입씨름을 벌였지만 두 선수의 진검 승부처럼 결론을 내리지 못했다.

도서관에 들어간 학생들은 모처럼 성사된 최동원과 선동렬의 선발 대결을 보지 못해 아쉬웠지만 각자 응원하는 선수의 우세를 전망하며, 자판기에서 커피도 빼먹고 객쩍은 잡담이나 연애담을 나누면서 경찰이 철수하기를 기다렸다. 별로 잘못 한 일이 없기 때문에 저러다 경찰이 스스로 물러갈 거라 기대한 것이다.

어두워지자 밥차가 와서 경찰들에게 배식을 시작했다.

"이럴 줄 알았으면 식당으로 들어가는 건데."

"식당이라고 뭐가 남아 있으려고?"

"식재료라도 있겠지."

"그렇지. 해 먹으면 되지."

"밥도 하고 보글보글 찌게도 끓이고. 된장찌개, 김치찌개, 식당 메뉴에 있으니까 분명히 재료도 남아 있을 거야."

"라면이랑 계란도 있겠지. 계란 라면 끓여 먹고 싶다……."

하지만 희망과 달리 학생들은 건너편의 식당을 보면서

입맛만 다시는 수밖에 없었다.

"도서관으로 우릴 끌고 들어온 게 누구냐?"

"눈치 빠른 놈은 절간에서 새우젓 얻어먹는다고, 아마 식당으로 피신한 애들도 있을 거야."

"수만 년 인류의 지식이 축적된 한 권의 책이 고작 한 냄비의 김치찌개보다도 유용성이 없다니."

"그래도 베고 잘 수는 있거든."

"먹을 수가 없잖아."

"책이 뭐냐? 종이로 만들었잖아. 그 종이에서 섬유질을 추출하는 거지. 그리고 국수를 만들어서 먹어. 그래서 책이 필요한 거야."

"이 새끼, 누가 화공과 아니라고 할까 봐 그러냐. 왜, 검정 잉크로 간장도 만들지. 그냥 종이만 먹으면 싱겁잖아."

밤이 깊어지자 학생들은 돌아가며 눈을 붙였다. 공부하다가 잠든 것처럼 책상에 엎드린 학생들도 있었고 남학생 중에는 책을 베고 바닥에 누워 자는 학생도 있었다.

한섭과 간부들은 당일 경찰의 움직임이 평소와 달랐다는 것을 뒤늦게 깨달았다. 행사를 앞두고 검문검색을 하지 않았던 것은 주동자들을 일망타진하기 위한 경찰의 면밀한 작전이었던 것이다. 그래서 밥까지 먹고 늦은 시각까지 도서관을 에워싸고 있는 거였다.

임시 의장인 한섭이 간부 학생들을 소집해 대책을 의논했다. 학생들이 선택할 수 있는 것은 두 가지 가운데 하나였다. 스스로 농성을 풀고 제 발로 걸어 나가거나 끌려 나가거나.

여러 말들이 오고 갔지만 자진 해산을 주장하는 학생은 한 사람도 없었다. 그것은 패배이며 굴욕이었다. 제압되더라도 항복하지는 않을 것이다.

학생들의 이야기를 다 듣고 한섭은 결론적으로 말했다.

"우리가 힘으로 저들을 이길 수 없더라도 승리할 수는 있습니다."

그의 어조는 단호했으며 표정은 비장했다.

"커피 마실래?"

회의를 마친 한섭에게 지연이 자판기에서 뽑은 커피를 건넸다.

"고마워요. 같이 해줘서."

"나는 니가 고마운데……"

곁에 있어 줘서 고맙다고 하려다 지연은 그냥 고맙다 고만 했다.

두 사람은 커피를 들고 옥상으로 올라갔다.

"저기, 저 별을 봐요."

한섭이 맑은 밤하늘에서 밝게 빛나는 별을 손가락으로 가리켰다.

"지금 우리에게 보이는 저 별빛은 적어도 수천 년 전에 빛을 낸 거래요. 그게 이제야 우리 눈에 도달한 거죠."

지연의 눈동자에서 별이 빛났다.

"그럼 지금 우리의 영상은 수천 년 후에 저 별에 도착하겠네. 그걸 지연 상영이라고 불러야 하나."

"지연 상영? 하하."

이렇게 다정하게 가까이 앉아 있지만 먼 훗날 그녀와 나는 어디에서 어떤 모습으로 있을까. 지금 그녀와 나의 모습은 수천 년 후에 저 별에서 상영되겠지. 아마도 과거로부터 지금까지 지구에서 일어난 모든 순간은 낱낱이 지구별이 발사하는 빛에 실려 우주 공간을 날아다니고 있을 것이다. 그러다가 어느 별에 도착해서 상영되고 또 다른 별로 넘어가는 것이다. 마치 영화 필름이 개봉관에서 재개봉관으로 재개봉관에서 재재개봉관으로 넘어가는 것처럼. 먼 훗날, 머나먼 별에서 상영되는 지구의 영상은 과거의 일이지만 그 별에서는 현재 영상이다. 도대체 시간이란 무엇인가. 언젠가 인류가 희미하게 우주 공간을 떠도는 소리와 영상을 포착해서 증폭할 수 있는 기술을 개발한다면 지구의 역사는 완전히 다시 쓰일 것이다. 이런 생각을 하고 있으니 민주주의고 제국주의고 다 우스웠다.

한섭이 빙긋이 웃자, 지연이 왜 웃느냐며 팔꿈치로 옆구리를 쿡 찔렀다.

"잠시 이런 생각을 해봤어요. 저 별에도 민주주의와 독재 그리고 제국주의 같은 것이 있을까요?"

"음…… 아마 있을 거야. 스타워즈도 결국 공화정과 제정의 싸움이잖아."

지연이 멀리 있는 별을 바라봤다.

"그리고 「아이 저스트 다이드 인 유어 암스I Just Died In Your Arms」가 빌보드 차트 1위에 올랐던데, 알고 있었어요?"

"아, 정말? 내가 그럴 줄 알았다니까……."

지연이 눈을 크게 뜨면서 마치 자기 일처럼 좋아했다.

당시 전 세계에서 가장 인기 있었던 곡은 영국 출신의 신인 밴드 커팅 크루 Cutting Crew 의 「아이 저스트 다이드 인 유어 암스」였다. 이 곡은 어수선한 상황 속의 이 땅에서도 크게 히트했다. 뮤직 다방에서 디제이로 일하던 한섭과 손님이었던 지연은 이 곡을 들으며 가까워졌다.

"너, 이거 보관하고 있을래?"

이렇게 말하면서 지연이 지갑 속에서 무언가를 꺼내 자신의 입술에 살짝 대더니 한섭에게 건넸다. 순간 두 사람의 손끝이 거의 닿을 뻔했다. 지연이 한섭에게 건넨 것은 자신의 사진이었다.

농성 사흘째 되던 날 이른 아침, 새로운 병력으로 교체된 경찰이 급습했다. 그들은 로비에 설치된 바리케이드를 헤치고 도서관 진입을 시도했다. 잠에서 덜 깬 학생들은 곤봉을 들고 난입하는 경찰에 밀려 순식간에 옥상까지 올라갔다. 평화롭던 집회는 그렇게 계획과 달리 폭력적으로 변질되었다.

"눈을 떠. 이 새끼야. 너 지금 자면 못 깬단 말이야."

한섭은 이틀간 한숨도 눈을 붙이지 못했다. 수사관들은 돌아가면서 언제, 어디서, 누구를 만나, 무엇을, 어떻게, 왜 하려고 했느냐며, 똑같은 것을 반복적으로 묻거나 태어난 곳, 출신 학교, 가족관계, 교우 관계 등과 지금까지 살아온 인생 과정을 상세하게 적으라고 했다. 아까 다 말했다고 하면, 언제? 나한테? 라고 물었다.

"이 새끼, 안 되겠어."

'금테안경'이 뾰족한 턱으로 욕조를 가리키자 덩치 큰 사내가 넥타이로 한섭의 두 손을 뒤로 묶고 욕조로 끌고 갔다.

"힘 빼라. 힘주면 서로 힘드니까……"

한섭을 제압한 '덩치'는 노련한 간호사가 주삿바늘을 꽂듯 순식간에 그의 등과 뒤통수를 눌렀다.

알약이 천천히 물에 풀리듯이 시간이 느리게 흘렀다.

'덩치'에게 고개를 눌린 한섭이 버둥거렸다.

"왜 힘들어? 이러는 나도 힘들다. 그러기에 고작 삼십 초도 못 버티는 새끼가 데모는 왜 해. 우리 좀 쉬었다가 할까?"

그치라는 명령을 내린 '금테안경'이 담배를 물고 불을

붙였다.

긴급 뉴스입니다. 서울 은평구 일대에서 연쇄 강도행각을 벌인 피의자가 조금 전 검거되었다는 소식입니다. 취재기자 연결해 자세한 소식 들어보겠습니다.

"야, 너는 내가 왜 이 짓을 한다고 생각하냐? 내가 악마로 보이냐? 웃기지 마. 나도 집에 가면 처자식 있거든. 너는 너만 애국심이 있다고 생각하지? 우리나라 국민 가운데 애국심 없는 사람은 아마 한 사람도 없을걸. 저 새끼 봐, 저거 붙잡혔다네. 아마 저 새끼도 분명 애국심은 있을 거야. 애국심만큼 싼 감정은 없거든. 다른 나라랑 축구 경기하면, 저 새끼가 어딜 응원하겠냐?"

TV는 시민들을 불안에 떨게 하던 연쇄 강도 사건의 피의자가 검거되었음을 긴급 뉴스로 편성해 보도하고 있었다. 뉴스는 대통령의 특별지시에 따라 검거가 신속하게 이루어졌음을 강조했다.

"니가 버틴다고 우리가 내보내 줄 것 같아? 천만의 말씀이야. 넌 내가 애국을 달성해야 여기에서 살아서 걸어 나갈 수가 있어. 그럼 다시 들어가 볼래? 여기서 그만 끝낼래. 선택은 니가 해."

누군가로부터 받았을 명함 모서리로 손톱의 때를 긁어내던 '금테안경'이 피우던 담배를 가운데 손가락으로 퉁겼다.

"골인."

회전하면서 날아간 담배가 욕조에 빠지자 '금테안경'이 두 주먹을 불끈 쥐며 환호했다.

"너 개 먹지?"

"……."

"새끼…… 먹어 봤구나. 난 안 먹어. 난 이 세상에서 개 먹는 새끼들을 젤 싫어해. 어릴 때, 개 잡는 걸 본 적이 있거든. 그 장면이 지금도 잊히지 않아. 그렇다고 내가 너처럼 깡촌 출신도 아니고 서울 사람인데, 그땐 서울에서도 그 짓을 했다고. 이 수도 서울 한복판에서 말이야. 근데 그 많은 사람이 둘러서서 끔찍한 장면을 보면서도 아무도 불쌍한 개새끼 한 마리를 구해주지 않더란 말이지. 니가 여기서 이러고 있으면 누가 널 구해주기라도 할 것 같아?"

말을 마친 '금테안경'이 엉거주춤하게 바닥에 앉아 있는 한섭의 머리끄덩이를 쥐었다.

"너, 지난 13일에 이명훈이 자취방에 찾아갔잖아. 맞지? 거기서 전국대학생반독재투쟁연합, 그거 결성식 준비했잖아. 뭐, 저쪽이랑 민족통일이라도 하시려고? 이 새끼들 순 빨갱이 맞잖아. 그러다가 16일에 결성식 한다고 학교 가서 결국 도서관 옥상까지 올라가 농성한 거고. 대답해! 그래? 안 그래? 이명훈이 그런 새끼가 제일 나쁜 놈야. 지는 나타나지도 않고 혼자 내빼. 넌 여기서 나랑 이렇게 애국하고 있는데. 그 새끼 있는 곳 알고 있지?"

'금테안경'이 한섭의 머리를 뒤로 젖히고는 혼자 묻고 혼자 대답했다. 그래서 한섭은 도대체 무슨 말을 해야 할지 알 수가 없었다.

하늘엔 조각구름 떠 있고, 강물엔 유람선이 떠 있고, 저마다 누려야 할 행복이 언제나 자유로운 곳~

'덩치'가 채널을 돌려 쇼 프로그램에 맞췄다.

"야, 테레비 꺼!"

'금테안경'이 텔레비전을 보고 있는 '덩치'에게 신경질적으로 명령했다.

원하는 것은 무엇이든 얻을 수 있고, 뜻하는 것은 무엇이건 될 수가 있어~

"아, 잠깐…… 끄지 마! 너 혹시 저 노래 듣고 니 꼴리는 대로 한 거냐?"

'금테안경'이 접이식 철제의자를 돌려서 등반이에 팔을 걸고 앉았다.

"한 가지 물어보자. 세상에 저런 나라가 있다고 생각하냐? 난 가방끈이 짧아서 잘 모르겠다. 넌 좋은 대학도 다니고 외국 유학 다녀온 교수들한테 많이 듣고 배웠을 거 아냐. 난 여태 제주도도 한번 못 가봤는데. 넌 가봤어?"

"아뇨, 저도 아직 못 가봤습니다."

'덩치'가 시큰둥하게 대답했다.

"제기랄, 어떤 놈은 부모 잘 만나서 외국물도 먹는데, 어떤 놈은 애국한답시고 맨날 이 짓거리나 하고 있고…… 세상 참 좆같긴 하다. 그치? 너도 한 대 피워."

'금테안경'이 담배를 뽑아 건네자 '덩치'가 불을 붙여 한섭의 입에 물렸다.

"어차피 넌 니가 보고 듣고 알고 있는 모든 것을 말하게 되어 있어. 그것도 아주 소상하게. 그런데 내가 너를 왜 입수시켰는지 알아? 그래야 니가 나중에라도 가책을 덜 느낄 거 아냐. 나 이 짓 하면서 너 같은 놈들 많이 만났거든. 솔직히 너 할만큼은 한 거야. 대부분 입수까지는 안

가거든. 넌 날 만난 게 졸라게 운이 없다고 생각할 수도 있지만, 운이 좋은 것일 수도 있어. 난 빨리 끝내는 걸 선호하거든. 나 저녁 약속도 있어. 오늘 야근은 안 돼. 저 새끼, 졸라 무식하다. 나랑 여기서 끝낼래. 저 새끼랑 한 판 더 해볼래. 그래도 내가 낫겠지?"

손을 말아 쥐고 소주잔을 입에 가져가는 시늉을 하던 '금테안경'이 팔을 뻗어 '덩치'를 가리켰다.

"짜장면 시킬까요?"

'덩치'가 한 손으로 배를 쓱 문지르더니 다른 손으로 수화기를 집어 들며 말했다.

"들었지. 저 새끼, 곱빼기 먹고 시작하면 졸라 길어진다. 그러니까 저 새끼, 짜장면 처먹기 전에 얼른 나랑 끝내자."

실망한 표정의 '덩치'가 수화기를 내려놓았다.

"근데, 저 새끼도 대학 나왔다. 전경 출신인데, 너처럼 데모도 졸라 해봤대."

'덩치'가 입술을 다문 채 씩 웃었다.

손바닥만 한 하늘이 보이는 조그마한 창이 보였다. 그곳으로부터 햇빛이 쏟아져 들어오고 있었다.

아아 우리 조국, 아아 영원토록 사랑하리라~

한섭은 신을 믿지 않았지만 신을 찾지 않을 수 없었다.

이윽고 자술서 작성을 마친 한섭이 흐느꼈다. 아무리 참으려 해도 참아지지 않았다.

"괜찮아, 원래 한 번은 버텨도 두 번은 못 해. 넌 그래도 여기 와서 훈장 하나 달고 나가잖아. 민주화운동 훈장. 밖에 나가서 자랑 좀 해도 되겠다. 누가 아냐? 세상이 바뀌면 나중에 한자리할지."

벌겋게 멍든 곳에 안티푸라민을 발라주던 '덩치'가 티슈 몇 장을 쑥 뽑아서 한섭에게 건넸다.

"야, 근데 되게 예쁘다. 능력 좋은데. 어떻게 만난 거냐?"

손가락에 묻은 안티푸라민을 티슈로 닦던 '덩치'가 사진을 지갑에 꽂아주고는 대걸레 자루를 잡았다.

"에이 씨발, 저 새끼는 맨날 수공水攻이야."

바닥을 대걸레로 훔치면서 '덩치'가 투덜거렸다.

"아까 그 새끼가 한 말 다 믿지마. 그 새끼는 일단 시작하고 본다고. 야, 배 고프지? 짜장면, 볶음밥, 짬뽕 가운데 뭐 할래?"

'덩치'가 대걸레 자루를 바닥에 팽개쳤다.

"……."

"왜, 설렁탕 시켜줘? 테레비에서 보면 이런 데서는 설렁탕에 깍두기만 먹으니까 그런 것 같지? 그거 다 뻥이야. 한 새끼가 그렇게 쓰니까 이런 데 구경도 못 한 것들이 죄다 그렇게 쓰는 거라고. 우리라고 설렁탕만 먹고 어떻게 사냐? 우리도 비빔밥도 먹고 짜장면도 먹고 김치찌개도 먹고 다 먹는다고."

세월이 흐르고 나서 한섭은 생각해 내려 했으나 그날 자기가 뭘 썼는지 통 기억이 나질 않았다.

그날 전국대학생반독재투쟁연합 대표 이명훈이 행사장에 나타나지 않은 것이 만약의 사태에 대비한 계획적인 행동이었음은 나중에 알게 되었다. 어쩌면 대신 고초를 겪은 셈이지만 한섭은 한 번도 그를 원망하지 않았다.

한섭 씨는 물 밖으로 머리를 내밀고 숨을 내쉬었다. 이번엔 한 일 분 정도는 견딘 것 같다. 그는 목욕탕에서 종종 잠수한 채 버티는 습관을 가지고 있었다. 의원 시절 지역구에 있는 사우나에 함께 간 비서관이 그런 그를 보더니 말린 적도 있었다. 그때 한섭 씨는 비서관에게 이렇게 말했다.

"이렇게 하면 초심을 잃지 않거든. 그렇다고 자넨 날 따라하진 말게."

고향에서 수재란 소리를 듣고 자라 번듯하게 서울의 명문대에 합격한 한섭 씨는 학창시절 내내 학생운동을 했으면서도 졸업 후 보란 듯이 고시에 합격했다. 관운도 순조로웠다. 운동권 출신이라 불이익을 받을 거라는 예상은 기우에 불과했다. 관가에서 가장 중요하게 여기는 것은 출신 지역이나 정치적 성향이 아니라 학맥이었다.

'자네 법대 나왔나?' 관가에서 다수를 차지하는 유명 법대 출신들은 다른 법대는 법대 축에도 못 낀다는 듯 남의 출신을 물을 때나 자신의 출신을 말할 때 무슨 법대라고 하지 않고 꼭 그냥 법대라고만 했다. 법대라고 물어보면 바로 그 유명 법대를 말하는 것이다. 상대가 아니라고 대답하면, 다음 질문은 '그럼 상대?' 였다. 역시 그 유명 법대와 같은 대학교의 상대를 말함이었다. 그것도 아니라고 하면 비로소 학교 이름을 붙였다. '아, ○대 법대?' 다시 아니라고 하면 더는 묻지 않았다.

한섭 씨가 하급 관료 시절에는 동문 선배들이 끌어주었으며, 과장과 국장 승진을 앞두고는 마침 운동권 정권이 들어섰다. 정부의 높은 자리와 집권 여당에는 함께 운동하던 끈끈한 동지들이 포진해 있었다. 주변에서는 한섭 씨를 장관 후보로 꼽았다.

"사람들이 다들 당신을 장관으로 추천하던데……"

신임 장관 후보자를 선임한 대통령이 차관에서 사회문화수석으로 자리를 옮긴 한섭 씨의 어깨를 툭 치며 말했다.

"내 임기도 이제 1년도 남지 않았고 그래서 캠프 출신을 시켰는데, 그래도 누가 알아요? 또 기회가 올지?"

대통령은 솔직한 사람이었다.

장관 후보자는 인사청문회를 통과하지 못했고 대통령의 말대로 얼마 뒤 한섭 씨가 사회부 장관 후보자가 되었다.

언론은 매일 아침 대중 사우나에서 동네 사람들과 인사를 나누는 장관 후보자의 서민적인 모습을 보도했다. 대통령 역시 한섭 씨의 이러한 점을 높이 평가해서 후보자로 지명했던 것이다.

정권이 바뀌면서 장관 노릇을 오래 하지는 못했지만, 한섭 씨는 정당 공천을 받아 국회에 입성해 재선 의원을 지냈으며, 정계 은퇴 후에는 사회적 보험공단의 이사장도 몇 년간 지냈다.

한섭 씨는 이러한 경력이 자신이 열심히 살아온 대가라고 생각했다. 그러나 모든 노년이 자신 같지 않다는 것을 알았다. 그러면 그것은 그들이 열심히 살지 않았기 때문일까. 살아 보니 성과와 보상은 비례하기도 하지만 반드시 그렇지만은 않은 것 같았다. 자신의 주변은 그래도 다들 어느 정도는 먹고 사는 사람들이었지만 불행한 노년들이 많다는 걸 한섭 씨는 잘 알고 있었다. 또 열 받는다고 행패 부리고 아쉽다고 훔치고, 욕구를 풀 수 없어 추행을 일삼는 노인들에 대한 기사는 아침저녁으로 넘쳐났다. 노인범죄가 증가하는 건 어찌 보면 노인의 증가에 따른 자연스러운 현상이었다. 문제는 증가율이었다. 증가율이 가파르게 치솟는 것은 어떻게 받아들여야 할까. 과연 무엇이 그들을 화나게 했나.

장발장

"잘못했으니, 이제 그만 교도소에나 보내 주소."

진술을 마친 구종길 노인은 수사관에게 이렇게 말하며 담배 한 대만 달라고 했다.

'금연입니다.' 이렇게 말하려다 수사관은 담배를 피우지 않는다고 대답했다.

주식 중개인으로 일하다 오래전에 증권사에서 퇴직한 종길 씨는 지금까지 일정한 직업과 소득 없이 지냈다.

더 일할 수 있는 나이였음에도 종길 씨는 회사의 사직 권고를 순순히 받아들였다. 권고라고는 하지만 사실상 해고나 마찬가지였다. 종길 씨가 회사로부터 사직 권고를 받는데 걸린 시간은 삼십 초에 불과했다.

"구 지점장, 본사에서 구조조정 대상자 명단을 보냈는데…… 이거, 어떡하지. 명단에 자네 이름이 들어 있더군. 하, 이거 참……"

하루는 지역 본부장이 부르더니 종길 씨에게 구조조정 대상자임을 통고했다. 그 상황에서 특별히 해줄 말이 없기도 했겠지만, 평소에는 말이 많던 본부장은 무척 짧게 얘기하더니 고개를 돌렸다.

종길 씨는 자신이 대상자라는 말을 듣고서도 마치 남의 일을 들은 사람처럼 얼른 일어서 자리를 비켜줬다. 본부장실 밖에서는 다른 대상자들이 초조한 표정으로 자신의 차례를 기다리고 있었다.

삼십 년 가까이 다닌 직장이었지만, 그 직장을 나오는데는 삼십 초도 걸리지 않은 셈이다. 물론 회사에 서운한 감정이 없진 않았다. 하지만 어느 정도 예견한 일이었으며 어차피 언젠가는 떠나야 할 직장이었다.

누구나 겪었거나 겪게 될 일임에도 조기 퇴직에 대한 별다른 사회적 안전장치가 없다는 것은 이상한 일이었다. 그런데도 사람들은 자신의 순서가 오면 도살장의 소나 말처럼 순순히 운명을 받아들였다. 버틸 수도 없고 퇴로도 없었다.

경영상의 이유는 아니었기 때문에 회사에서는 그래도 위로금을 포함해 제법 큰 액수의 퇴직금을 제시했다. 게다가 종길 씨는 비자금으로 사용할 짭짤한 수익이 나오는 주식도 꽤 보유하고 있었다. 영업직이라 고객 미팅 시간을 피하면 어렵지 않게 시간도 낼 수 있어 틈틈이 부동산 공부도 한 종길 씨는 빚낼 수 있을 때 사두라는 주위의 조언을 받아들여 현직에 있을 때 오피스텔도 몇 채 사두었다.

종길 씨가 대학을 졸업할 무렵, 증권업은 상경계 학생들이 선망하는 인기 직종이었다. 강아지도 동네 한 바퀴 돌고 나면 입에 만 원짜리를 물고 다닌다는 말이 있었을 만큼 경기는 호황이었으며 주식 시장도 좋았다. 종길 씨는 치열한 경쟁을 뚫고 원하던 증권사에 입사했다.

증권맨이 된 종길 씨는 먼저 차부터 뽑았다.

차만 가지고 있어도 연애하기가 쉬운 세월이었다. 주말이면 종길 씨는 '헌팅'을 하기 위해 가끔 옆 좌석에 친구를 태우고 젊은이들이 모이는 신촌이나 압구정동으로 나갔다. 그러고는 끝 차선이나 뒷골목에 차를 대고 마음에 드는 아가씨들이 지나가면 이렇게 불렀다.

"야, 타!"

이러면, 별 미친놈들 다 보겠다는 듯 가운뎃손가락을 치켜세우고 지나가는 여성들도 있었지만 스스로 차 문을 열고 올라타는 경우도 적잖았다. 종길 씨는 차에 탄 여성이 마음에 들지 않으면, '어디까지 가십니까?'라고 물었고 마음에 드는 여성과는 바에도 가고 나이트클럽에서 흥겹게 놀았다.

사람들은 종길 씨 같은 젊은이들을 '야타족'이라 부르며 말세라고 했지만, 뒤에는 '야, 타!'라고 부르기도 전에 벌써 차에 올라탄 젊은 여성들을 가리키는 '벌타족'이라는 말까지 나왔다. 근검절약이 몸에 밴 산업화 시대를 살아온 기성세대는 물질문명에 빠진 젊은이들을 이해할 수 없는 세대라는 의미로 더글라스 코플랜드[1]가 지은 소설의 제목을 빌려 'X세대'라고 칭하기도 했다.

출근하면 예쁜 여직원이 타 오는 원두커피의 진한 향

---

1 Douglas Coupland(1961~), 캐나다의 소설가다.

을 느끼며, 최신 컴퓨터 앞에 폼 잡고 앉아 트레이딩 하는 것이 일과일 줄 알았는데, 증권사 업무는 기대하던 것과 많이 달랐다. 입사해서 종길 씨가 처음 발령받은 곳은 서울 외곽의 신도시에 있는 신설 점포였다. 그곳에서 종길 씨는 개인 고객을 대상으로 영업을 했다. 개인 고객을 상대로 하는 영업은 흔히 아버님, 어머님 영업이라 불렀다. 나이든 고객은 누구를 막론하고 아버님이고 어머님이었다. 어르신들의 쌈짓돈을 빼야 하기 때문이다.

아침에 출근해서 종길 씨는 주요 고객 순서로 전화를 걸어 안부를 물었다. 그러고는 본사에서 나온 브리핑 자료를 토대로 전날의 시황을 언급하고 당일 유력 종목을 짚어 줬다. 고객들과 통화할 때 종길 씨는 주식 이야기는 되도록 간단히 하고 '찌라시'라고 하는 증권사 정보지에 실린 어느 남자 배우하고 어느 여배우가 그렇고 그런 사이라든지 또 어떤 여배우가 모 재벌 회장의 아이를 가졌다든지 하는 연예가 뒷이야기를 집중적으로 들려주었다. 또 정치 성향을 파악해서 고객의 성향이 여권이면 야권 정치인을 야권이면 대통령을 성토하며 주가가 오르지 않거나 하락한 원인을 정치권으로 돌렸다.

지점장은 전주 이씨로 경주 출신이었다.

'내 고향은 전라북도 경주여. 증권맨에게는 여당도 엄꼬 야당도 엄따. 고객이 하나님을 믿으면 내 종교는 기독교, 부처님을 믿으면 불교다. 돈만이 우리들의 유일신이다.'

하루는 출근해서 인사를 하고 자리로 돌아가는 종길 씨를 지점장이 불렀다.

"종길 씨, 이리 쫌 와 봐라. 아침에 뭐 잘 못 먹은 거라도 있나?"

"네?"

"쫌 웃어라."

"뭐 재미있는 일이라도 있어야 웃죠."

"에헤이, 자네, 고객 앞에 가서도 그리 인상 쓰나? 이 사람아, 재미있어서 웃는 게 아이야. 웃어야 세상이 재미나고 사는 게 즐거워지는 법이다. 자, 따라 해봐. 스마일, 치즈, 김치…… 웃어, 이렇게 웃으란 말이따."

어렵게 VIP급 고객과 친밀한 사이가 되고 나면 개인적인 부탁을 들어줘야 하는 경우가 잦았다.

'미스터 구, 우리 집 거실에 전등이 나갔어. 천장이 높아서 그러는데 퇴근할 때 좀 들러줄 수 있어?'라든지, '욕실 막힌 건 어디다 연락해야 해?'라며 불러냈다.

인생은 별 게 아니었다. 조금만 비굴하면 행복해지는 게 인생이었다.

한동안 지점에서 아버님, 어머님 영업을 하던 종길 씨는 소규모 기업을 대상으로 영업을 하다가 실적을 인정받아 본사로 자리를 옮겼다. 허드렛일은 없었지만, 자산 운용자의 비위를 잘 맞춰야 한다는 점에서 기관 영업도 크게 다르지는 않았다. 고객의 취미가 등산이면 종길 씨의 취미도 등산, 낚시면 종길 씨의 취미도 낚시, 골프면 종길 씨의 취미도 골프였다. 영업은 결국 사람 장사였다.

퇴직한 종길 씨는 가장 먼저 전화기에서 고객 이름부터 삭제하고 차단 번호로 등록했다.

'아오, 지긋지긋한 새끼들, 내가 언제까지 니들 따까리 해줄 걸로 알았냐.'

남들 앞에서는 인텔리전트 빌딩에 입주한 증권사 다니는 떳떳한 남편이오, 아버지였지만 현역 시절 종길 씨는 저녁과 주말을 가족과 보낸 적이 거의 없었다. 주중 저녁은 술 약속으로 가득 채워져 있었으며, 주말 이틀은 고객들을 모시고 주로 골프장으로 나갔다.

골프 백을 싣고 고객들을 모셔야 했기에 종길 씨는 삼십 대에 트렁크가 큰 에쿠스를 뽑았다. 당시 기관용 그것도 사장이나 회장의 업무용으로 주로 사용되던 에쿠스를 가정용으로 사용하는 집은 흔치 않았다. 고객들 편하게 모시려 무리한 것이지만 속을 모르는 가족들은 언제 나오냐며, 차 나오는 날을 기다리면서 여행 계획까지 세웠다. 하지만 에쿠스를 인수한 날, 시승자는 종길 씨나 그의 가족이 아니었다.

"내가 이번 주말에 골프 약속이 있는데 장소가 멀어서 말야. 너도 알겠지만 내 차가 좀 연식이 돼서…… 너 주말에 차 뽑는다고 했지. 나 태워주겠다고. 미안한데, 나 좀 빌려 타자."

주요 기관의 거래 담당자에게 차 나오면 모시겠다고 했더니 날름 가로챈 것이다. 분통이 터졌지만 어떻게 할 수 없는 노릇이었다. 괜히 고객의 심사를 건드렸다가는 당장 수탁고가 빠지고 중개수수료가 줄어들 테니까. 그러면 회사에 뭐라 보고할 것인가. 고객에게 차 안 빌려줬더니 돈을 빼더라고 할 것인가. '고객의 자산은 당신 것만이 아니고 내 것이기도 하고 사장님 것이기도 해.' 관리자가 자주 쓰는 표현은 영업공동체였다. 잘 못 보여서 큰 법인이 빠져나가기라도 하면 본인만으로는 안 되고 관리자까지 찾아가서 빌며 읍소해야 했다.

이런 날이면 관리자는 종길 씨를 데리고 여자가 있는 술집엘 갔다. 관리자는 우리의 급여는 회사가 아니라 고객이 주는 것이고 돈은 사내의 모든 것이라며, 종길 씨가 고객들로부터 받은 스트레스를 풀게 했다.

퇴직 후 종길 씨는 비슷한 시기에 회사를 나온 동료들과 부티크를 차리고 그토록 원했던 트레이딩을 시작했지만, 결과는 신통치 않았다. 손실을 만회하기 위해 공격적인 해외 투자로 한 방을 노려보았지만 거듭 쓴맛만 봤다. 원유 펀드에 가입하면 급박하게 전개되던 중동 정세가 안정되었으며, 동남아의 리조트에 투자하면 갑자기 풍토병이 돌았다. 갑작스러운 국제 정세의 변화와 전염병의 발병 같은 것은 예측할 수 없는 일이었지만, 종길 씨는 글로벌 작전 세력이라는 게 있다고 믿었다. 그래도 퇴직하고 한동안은 부인과 해외여행도 다니고 부부 금실이 좋은 듯했다. 그러나 신축 상가에 편의점을 냈다가 상권이 죽는 바람에 권리금도 받지 못하고 철수한 후 자잘하게 손을 대는 사업마다 줄줄이 실패했다. 본격적인 시련이 닥친 것이다. 겨우 자식들 결혼시키고 이윽고 수중에 오피스텔 몇 채만 남게 되었을 때, 오래전부터 그저 동거인이던 아내는 황혼 이혼을 요구했다. 집은 고객과의 분쟁에 대비해서 진작 아내 명의로 돌려놓았다. 자신의 몫으로 챙긴 단 한 채의 오피스텔은 이혼 후 몇 해 못가 처분했다. 이혼하고 종길 씨는 줄곧 홀로 살았다. 자식들은 종길 씨를 멀리했으며, 친하게 지내던 사람들은 하나같이 바빠져서 '시간이 없다'든지 '나중에'라고 말했다. 도심 속의 섬처럼 고립된 종길 씨는 풀 한 포기 없는 사막처럼 바싹 메말라 갔다.

독거노인인 종길 씨의 주 수입원은 전 부인과 나눠 받는 국민연금과 경로연금 등 각종 연금이었다. 넉넉하진 않아도 그럭저럭 홀로 살아갈 수는 있었다. 하지만 갈수록 실수령액이 줄어들면서 월세 내기조차 빠듯했으며 무엇보다 당장 생계가 막막했다.

공공근로를 신청해서 환경미화를 하던 종길 씨는 '투잡'을 뛰기로 하고 재활용 시장에도 나갔다. 폐지를 수거

하거나 폐자원을 분류하는 일을 시작한 것이다. 다른 노인들보다 종이 상자 하나라도 더 줍기 위해 종길 씨는 이른 새벽부터 집을 나섰음에도 언제나 고물상에는 먼저 와서 수거해온 폐지나 병, 캔 등을 저울에 다는 노인들이 있었다.

종길 씨는 남들보다 아침을 일찍 시작하는 것에 익숙했다. 증권사의 아침은 사무실이 아니라 골프 연습장에서 시작했다. 현역 시절 종길 씨는 회사 지하에 있는 연습장에서 스윙을 마친 뒤 간단히 아침을 먹고 출근했다. 그렇게 해도 채 여덟 시가 되지 않았다. 고객을 모시고 라운딩을 다녀오려 주말에는 아예 눈을 붙이지 않은 적도 많았다. 티 오프 시각에 맞추기 위해서는 새벽 서너 시 무렵에 집을 나서야 할 때도 있었다. 혹여 늦잠이라도 자서 못 일어날까 봐 차라리 잠을 자지 않는 편을 택했던 거다. 그렇게 해서 고객에게 넉넉한 주말 오후를 보장할 수 있었지만, 고속도로 위에서 졸려서 사고 날 뻔한 순간도 적지 않았다.

가족들은 혹한기와 명절 연휴를 빼고 휴일이면 골프장에서 사는 종길 씨를 골프에 미친 사람 취급했다. 다 본인이 좋아서 하는 것으로 생각한 것이다. 물론 종길 씨가 골프를 좋아한 것은 맞지만 실은 비즈니스를 위해 고객 모시고 다닌다는 얘길 차마 꺼내지 못한 것이다.

공공근로와 재활용품을 수집해 받은 일당으로 종길 씨는 하루하루 자신의 사막이 완전히 마르지 않도록 물을 줬다. 하지만 같은 일을 하는 노인이 점점 늘어나고 경기 부진으로 폐지나 재활용자원 가격이 하락하면서 일당은 날로 줄어들었다.

그날 종길 씨는 살아오면서 도대체 자신이 무엇을 잘못했는지 곰곰 생각해 보았다. 아무리 생각해봐도 무엇을 잘못했는지 알 수 없었지만 어디서부터 잘못됐는지는 알 것 같았다.

조기 퇴직. 하지만 그것은 자신의 잘못이 아니라 사회적 문제였다. 그동안 진보와 보수가 번갈아 집권했지만, 어느 정권도 이 문제를 해결하지 못했다. 나이 드는 것은 잘못이 아니다. 그런데 이제 세상은 늙은이에게 지급하던 정당한 보상을 잘못된 것이라며 쥐꼬리만 한 연금마저 축소했다.

좁은 방에서 혼자 골똘히 생각하던 종길 씨는 날이 어둑해지자 밖으로 나왔다. 정해진 곳은 없었다. 쌀쌀한 날씨에도 그저 마냥 걷기만 했다. 젊고 늙고 잘 생기고 못생긴 사람들 누구도 종길 씨에게는 눈길을 주지 않고 지나갔다. 그들은 모두 '세상은 별일 없거든요.'라고 말하는 것 같았다.

어느덧 시장기가 느껴졌다. 종길 씨는 그저 발을 따라 먹자골목에 들어섰다. 고기 굽는 냄새가 입구에서부터 풍겼다. 가족, 친구, 연인으로 보이는 사람들이 식당 안에 가득했다. 종길 씨는 한 식당 앞에 투명인간처럼 우두커니 서서 입으로 부지런히 먹고 마시고 떠드는 사람들의 모습을 물끄러미 쳐다봤다. 입은 인간의 신체 가운데 여러 가지 기능을 동시에 수행할 수 있는 기관이었지만 종길 씨의 입은 그 가운데 하나도 제대로 하기가 어려웠다. 그는 근처의 무인 편의점으로 들어갔다. 컵라면이라도 사 먹고 돌아가야 할 것 같았기 때문이다. 종길 씨가 컵라면을 고르는 동안 한 무리의 남녀가 들어와서 술과 안줏거리를 사서 나갔다. 매대에서 컵라면을 집어 계산대로 가는 종길 씨에게 냉장고 안에 진열된 소주가 띄었다.

'소주에 컵라면이면……'

젊은 날, 라면은 소주의 가장 좋은 친구였다. 소주를 마시고 다음 날, 라면으로 해장하기도 했지만 때로는 적당한 안줏거리가 없을 때, 식량이던 라면을 헐어 안주 대신 먹기도 했다. 소주 한 병과 라면을 사고 싶어 종길 씨는 카드를 만지작거렸다.

'에라, 먹고 보자.'

편의점 안으로 어린이들이 들어오고 있었다. 망설이던 종길 씨는 소주와 컵라면을 슬쩍 감추고 김치 한 봉지도 얼른 품에 넣었다.

'될 대로 돼라.'

편의점 밖에 설치된 간이 테이블에서 컵라면과 김치를 안주로 소주 한 병을 비운 종길 씨는 문득 오래전에 끊은 담배를 피우고 싶었다.

'도대체 담배 왜 피우지 말라고 한 거냐? 이렇게 오래 사는데.'

편의점에 다시 들어가 담배와 라이터까지 가지고 나온 종길 씨는 맛있게 한 대 피우고 아무 일도 없었던 것처럼 집으로 돌아갔다. 완벽한 하루였다.

종길 씨의 신병을 확보한 경찰은 종길 씨를 불구속 입건했다. 얼마 후 법원에서는 약식으로 벌금 명령을 내렸다. 벌금은 절도한 물건 가격을 합친 것의 백 배도 훨씬 넘는 액수였다. 종길 씨로서는 근 반년 가까이 폐지를 주워야 모을 수 있는 거금이었다.

'웃으면 사는 게 즐겁다고 했나?'

실소라도 터질 상황이었음에도 종길 씨는 코웃음조차 나오지 않았다.

잘한 건 아니지만 이게 말이 되는 법인가. 종길 씨가 벌금 고지서를 발부한 경찰서를 찾아가서 따지자 경찰서에서는 법원으로 가보라고 했다. 경찰은 집행만 할 뿐, 판사가 내린 판결을 바꿀 권한은 없다는 얘기였다. 법원 민원실 담당자는 거세게 항의하는 종길 씨에게 이의 신청을 해도 되지만 그러면 정식 재판을 받고 실형을 살 수도 있다고 사무적으로 답변했다.

실형이고 뭐고 벌금을 낼 돈이 없는데 어떻게 하라는 말인가. 실형을 살 때 살더라도 종길 씨는 어이없는 판결을 내린 판사를 만나보고 싶었다. 잘못은 인정한다, 하지만 벌금 액수가 너무 과한 거 아니냐고.

며칠의 잠복 끝에 종길 씨는 법원 주차장에서 담당 판사를 만났다.

"판사님, 내가 법에 대해 아는 게 없어서 그러는데, 잠시 뭐 한 가지만 물어봐도 좋겠소?"

"할아버지, 뭔데 그러세요?"

퇴근길의 판사는 당혹스러운 표정을 지으면서도 종길 씨를 매정하게 물리치지는 않았다.

"컵라면 한 개, 소주 한 병, 김치 한 봉지, 담배 한 갑, 라이터 한 개가 얼만 줄 아시오?"

"뭐라고요?"

되묻는 판사의 표정이 일그러졌다.

"컵라면 한 개, 소주 한 병, 김치 한 봉지, 담배 한 갑, 라이터 한 개가 얼만 줄 아시느냐고 물었소."

종길 씨가 문을 열고 차에 오르려는 판사의 팔꿈치를 붙잡자 판사가 홱 뿌리쳤다.

"왜 이러시오. 좀 물어보자는데."

"할아버지, 그런 건 저기 편의점 가셔서 확인해 보셔야죠."

판사가 손가락으로 법원 구내 편의점을 가리키며 신경

질적으로 대꾸했다.

"나는 판사 양반이 컵라면과 소주와 김치와 담배와 라이터의 가격을 아는지 물어봤어요."

"이 할아버지가 정말 안 되겠군."

이렇게 말하며, 차 문을 쿵 소리가 나게 세게 닫은 판사가 손으로 주차장 관리인을 불렀다.

"당신은 빠져. 난 이 판사 양반이랑 할 얘기가 있으니까."

종길 씨가 달려온 주차장 관리인을 밀치는 과정에서 몸싸움이 벌어지고 이를 말리는 판사의 안경이 떨어졌다. 뒤늦게 법원 경비원들이 달려와 겨우 종길 씨를 떼어 놓았다. 판사의 코에서 코피가 흘렀다.

"어, 이게 뭐야, 어서 데려가요."

판사가 손등으로 코피를 쓱 문지르며 다시 차 문을 열었다.

소동을 목격한 사람들이 핸드폰을 들고 몰려들었다.

'장발장 노인, 판사 가격. 수사관에게는 담배 달라고도'

컵라면과 소주, 김치, 담배, 라이터를 훔쳤다가, 절도

한 품목을 합친 것의 백 배가 넘는 벌금을 선고받고 판사에게 폭력을 휘둘러 구속된 구종길 노인의 사연이 신문과 방송을 탔다.

처음엔 우호적인 여론도 있었다. 하지만 편의점 외부에 설치된 테이블에서 김치와 컵라면을 안주로 소주를 마신 종길 씨가 태연히 편의점으로 다시 들어가 담배까지 가지고 나온 뒤 피우고 발로 문질러 끄는 모습이 방송에 그대로 나가자 여론은 금방 싸늘해졌다.

배고파서 컵라면만 훔쳐 먹었으면 모르겠는데 술에 담배까지, 벌이도 있다며 너무한 거 아냐, 사람들은 종길 씨의 사정을 감안하기 보다는 그의 태도를 문제 삼았다.

'아무리 그래도 그렇지. 컵라면과 소주, 김치, 담배 좀 훔쳤다고 육 개월 치 생활비를.'

뉴스를 통해 구종길 노인의 딱한 사정을 접한 한섭 씨는 벌금을 대납하기로 결심했다. 그리고 폭력 행위에 대해서 선처를 바라는 탄원서를 작성해서 법원에 제출하기로 했다.

존경하는 재판장님

저는 사회부 장관과 민주사회의당 국회의원을 지낸 김한섭입니다.

오백여 년 전 영국의 사상가 토마스 모어는 그의 저서 『유토피아』에서 '일단 훔치고 보자, 죽는 것은 그다음 문제'라고 생각할 정도로 궁핍한 사람은 형벌로 다스리기보다 생계 수단을 제공해 주는 것이 더욱 효과적인 범죄 예방 수단이라고 주장했습니다.

오백여 년 전, 영국 사람의 생각이 이러했거늘 오늘날 우리 사회는 어떻습니까.

주변의 많은 이웃들이 직장을 얻지 못하고 최저 수준에도 미달하는 소득으로 생계의 한계선상에 몰려 있는 실정입니다.

지금 제가 선처를 호소하는 구종길 노인은 컵라면과 소주 한 병, 김치 한 봉지와 담배 한 갑, 라이터 한 개를 훔친 죄로 법원으로부터 근 반년 치의 생활비에 해당하는 벌금을 선고받고 억울한 마음에 판사를 찾았다가 그만 폭행죄로 구속이 되었습니다.

저는 이 노인에게 아무런 죄가 없다고 주장하는 것이 아닙니다. 다만 이 노인의 절도 행위는 우발적으로 발생한 일이며, 폭력 행위의 고의성이 없었다는 말씀을 드리고자 합니다.

구종길 노인은 일찍이 증권회사에 입사하여 증권시장의 활성화에 이바지한 공이 있습니다. 가족의 부양과 회사의 발전을 위해 밤낮없이 열심히 일했지만, 정년에 이르기 전에 아무런 잘못도 없이 감원 대상이 되어 해고된 후 지금까지 일정한 직업과 소득이 없이 지냈으며, 이 과정에서 부인과는 이혼하고 자식들과도 연락이 두절 된 채 살아왔습니다.

지급 연금이 줄어들면서 구종길 노인은 고령의 나이에도 불구하고 공공근로를 하고 폐지를 수집하는 등 생계를 위해 열심히 일하고 있습니다만 수입은 생계가 충분할 정도로 넉넉한 편이 아닙니다. 구종길 노인이 컵라면과 소주 한 병, 김치 한 봉지와 담배 한 갑 그리고 라이터를 절도한 날에 그가 하루 종일 취식한 것이라고는 편의점의 삼각김밥이 전부였습니다. 그날까지 구종길 노인은 전과가 없음은 물론 평생 단 한 건의 과태료 처분도 받지 않은 성실하고 모범적인 시민이었습니다. 무엇이 그런 그를 절도에 이르게 했을까요?

존경하는 재판장님

절도로 인해 법원으로부터 벌금형을 선고받은 구종길 노인은 판사를 폭행한 혐의로 지금 구치소에 수감되어 있습니다. 판사에게 행사한 그의 폭력 행위는 비판받아야 마땅하지만, 계획적인 행위가 아니며 고의성도 없었습니다. 자신의 처지를 하소연할 곳 없는 딱한 노인이 판사를 찾아 용서를 구하려다 우발적으로 발생한 사건입니다.

죄는 미워해도 사람은 미워하지 말라는 옛말도 있습니다. 구종길 노인이 저지른 절도와 폭력은 어떤 경우에도 정당화될 수 없는 일이지만, 그가 오랫동안 이 사회의 선량한 시민이었다는 점, 이번 사건을 계기로 자신의 잘못을 충분히 뉘우치고 또한 재범의 가능성도 적다는 점을 감안하시어 공화국의 법률이 허용하는 범위에서 최대한 선처하실 것을 간곡히 탄원하는 바입니다……

탄원서 작성을 마친 한섭 씨는 몇 차례나 읽어보고 고치고 또 고쳤다. 그러고는 지인과 친구들을 만나 서명을 받기 위해 집을 나섰다. 마음이 부풀어 올랐다.

축소된 거인 증후군

"한섭 씨, 주말에 뭐해요?"

옆 사무실의 선배가 흰색 엘란트라를 뽑았다며, 춘천이나 다녀오자고 했다.

춘천은 대학교에 다닐 때 완행열차를 타고 MT 장소로 두어 차례 다녀온 곳이다. 청량리역을 출발해 대성리와 청평, 가평을 지나 강촌까지 갔다. 그다지 먼 거리가 아님에도 기차를 타고 가는 길은 실제보다 훨씬 멀게 느껴졌다.

정치적으로 암울한 시절이었지만 그래도 한섭 씨의 대학 생활엔 낭만이 있었다. 강촌의 민박집에서 한섭과 친구들은 밤새 술을 마시고 시국을 논하다 민중가요를 힘차게 불렀다.

그때는 밤이 참 맑았다. 술을 많이 못 하는 한섭이 술 기운을 견디지 못하고 강가에 나가 하늘에 박힌 보석처럼 빛나는 별을 보고 있으면, 여학생들이 다가와, '괜찮니?'하고 물었다.

달리는 차 안에서 흘러가는 강변 풍경을 바라보며 한섭 씨는 잠시 추억에 빠졌다.

"차 잘 나가죠. 이래 보여도 126마력이래, 말 126마리가 끄는 힘이라는 거지. 한섭 씨도 어서 한 대 뽑아. 근데 뭘 그렇게 생각해요?"

"아무것도 아니에요. 선배, 우리 이디오피아 가요. 커피는 제가 살게요."

오래전부터 널리 알려진 커피 하우스였지만, 학창 시절에는 가 봤어도 왜 유명한지 몰랐다.

"왜 이디오피아예요?"

"이디오피아 원두를 쓰나 봐요."

"아하, 그럼 가보죠. 그래야 다음번엔 아가씨 태우고 가지. 그런데 한섭 씨, 학생운동 했다고 그랬죠? 어쩌다가 공무원이 됐어요? 반대 포지션에 있어야 하는 거 아녜요?"

"실은 착한 경영자가 되고 싶었는지 모르겠어요."

"착한 경영자?"

"졸업하고 노동운동하면서 어렵게 사는 선배를 만난 적이 있는데, 노동 환경을 바꾸기 위해서는 착한 노동자보다 착한 경영자가 되는 편이 더 낫지 않나 하는 생각이 들더군요."

"아하, 그런데 왜 공무원 시험을 봤어요?"

"그편이 빨랐을 뿐이에요. 졸업을 앞두고 있는데 군대 가는 거 외에는 솔직히 할 게 없더라고요. 그래서 대학원에 진학했는데, 고시 공부하라는 거예요. 돈까지 줘가면서. 공부하다 보니 운 좋게 합격하고, 그렇게 공무원이 되었죠. 선배는 왜 공무원이 되셨어요?"

"어디 가서 절대 그렇게 얘기하지 말아요. 할 게 없어서 고시했다고 하면 욕먹는다고. 난 말이지. 처음부터 고시할 마음은 없었어요. 어렸을 때 우리 집 앞에 아스팔트 포장을 하는데 군청 도로과에서 나왔어요. 마을 이장님이 굽신거리는 게 되게 세 보이더라고. 어떻게 하면 도로과에 들어갈 수 있는지 알아보니까 9급 시험을 치래. 그래서 공무원 시험 준비를 했는데 어쩌다 보니 여기까지 오게 됐어요. 어때요, 한섭 씨는?"

"뭐가요?"

"공무원 생활이……."

"경치 죽이네요. 여기서 공무원 하면 안 되나?"

카페에 들어서니 공지천이 한눈에 들어왔다. 눈 앞에 펼쳐진 공지천 전경을 보고 한섭 씨가 감탄해서 말했다.

"내가 9급 준비하다가 5급 됐다고 했잖아요. 마당을 쓰는 공무원이 있는가 하면 방을 치우는 공무원도 있죠. 9급이 있고 5급이 있고 1급이 있고…… 대통령도 공무원이고. 공무원은 어디에서 무슨 일은 하든 결국 국가라는 거대한 기계의 부속에 불과해. 그런데 작은 부속들이 거대한 기계를 움직인다고."

"국민과 국가도 마찬가지죠. 국민들은 자기 자리에서 국가라는 배를 움직이잖아요. 띄우고 뒤집기도 하고. 하지만 국가는 국민을 움직이지 못하죠."

선배는 서울 명문대 출신이 90%를 넘는 중앙 정부에서 드문 학벌을 가진 사람이었다. 지방 소도시 출신으로 그 지역에 소재한 학교를 졸업한 것이다. 그는 자신의 고향을 기반으로 한 정당의 열렬한 지지자였지만, 훗날 그 정당이 정권을 잡았을 때는 야인이었다. 정부와 여당에서 끌어주는 사람이 없다는 것도 원인이었겠지만 그 전 정권, 실은 그가 속으로는 지지하지 않는 정권에서 차관보를 지냈기 때문이다.

그 선배의 관로官路를 보며, 한섭 씨는 확실히 관운이라는 게 있다고 생각했다.

주변에 학교 선후배가 없는 그 선배와 친하게 지내던 한섭 씨도 얼마 뒤 하얀 에스페로를 뽑았다.

소득이 증가하고 국민 생활 수준이 높아지자, 그전에는 고가의 사치품으로 여겨지던 자가용 소유가 보편화 되고 마이카라는 신조어가 탄생했다. 직장이 안정된 한섭 씨도 그 무렵 마이카 족에 합류한 것이다.

주말이면 에스페로를 몰고 험한 미시령이나 한계령을 넘어 동해로 가거나 고속도로를 타고 부산까지 달려갔다. 푸른 바다를 바라보며 싱싱한 활어회를 안주로 소주를 마시고 있으면 세상사 온갖 스트레스가 눈 녹듯 사라졌다.

때로는 교통체증으로 시간이 많이 걸렸음에도 피곤한 줄 모르던 시절이었다.

마이카 시대에 이어 주말 해외여행 시대가 열렸다. 젊은이들은 금요일 저녁이면 괌이나 사이판 같은 멀지 않은 곳으로 떠나 주말을 보낸 뒤 월요일 아침에 돌아와 바로 출근했다. 호텔과 레스토랑, 쇼핑몰 등 상업 시설이 즐비한 괌의 '팔레 산 비토레스 로드'에 처음 섰을 때, 한섭 씨는 눈앞에서 도로가 마치 거대한 두루마리 지도처럼 펼쳐지는 느낌을 받았다. 여행을 위해 괌 시내 지도를 구해서 통째로 외워 버린 것이다.

"저, 길 좀 물어볼게요."

바다색 민소매 원피스 차림의 여성이 손에 지도를 들고 한섭 씨와 선배에게 말을 걸었다. 그녀의 원피스가 바람에 나풀거렸다.

"네. 어딜 가시는데요?"

"혹시 DFS 갤러리아가 어느 쪽에 있는지 아세요?"

"저기, 샌드 캐슬 극장 보이시죠? 거길 지나면 게임 웍스와 언더 워터월드 수족관, 샘 초이스 식당, 아웃리거 호텔 등이 나타날 거에요. 바로 그 맞은 편에 있어요."

한섭 씨가 손가락으로 일일이 건물들을 가리키며 친절하게 알려줬다.

"저기, 교포세요?"

"하하, 그건 아니고요."

"그럼 가이드?"

"그것도 아니지만, 가이드해 드릴 수는 있을 것 같네요."

한섭 씨와 선배는 DFS 갤러리아 위층의 플래닛 할리우드 카페에서 여성들을 느긋하게 기다렸다. 두 사람은 할리우드 영화 속의 캐릭터 피규어와 갖가지 기념품을 구경하며 시간을 보냈다.

"여기, 자주 오시나 봐요. 저희는 처음이에요."

이윽고 양손에 쇼핑백을 든 여성들이 한섭 씨 앞에 나타났다.

"우리도 처음입니다."

"그런데 어떻게 그렇게 길을 잘 아세요?"

"실은 지도를 외웠거든요."

한섭 씨와 선배는 여성들과 이틀을 지내고 함께 새벽 비행기로 돌아왔다. 이후 한섭 씨는 DFS 갤러리아의 위치를 물어보던 여성과 괌과 사이판, 홍콩을 들락거리며 휴가를 보냈다. 처음 나갈 때는 준비할 것도 많고 어렵지만, 경험이 쌓이면 해외여행도 출퇴근처럼 쉬운 일이다.

주변에서는 한섭 씨를 신세대라거나 X세대 공무원이라고 불렀다.

수년 전 운전면허증을 자진 반납한 한섭 씨는 짧은 거리는 걷고, 먼 거리는 주로 경로 혜택이 주어지는 버스와 지하철 등 대중교통을 이용해서 움직였다.

사실 한섭 씨는 대중교통 이용에 그다지 익숙하지 않았다. 젊었을 때는 버스나 지하철을 자주 이용했지만, 고위직으로 승진한 후에는 거의 자가용만 이용했다. 그 후론 차관과 장관, 두 번의 국회의원, 공기업 이사장을 거치는 동안 줄곧 기사를 두었으니 나중엔 운전마저 서툴러졌다.

장관 임용을 위한 절차인 국회 인사청문회에서 있었던 일이다.

한 야당 의원이 아침마다 대중 사우나에 다닌다고 알려진 한섭 씨에게 지하철 요금이 얼마인 줄 아느냐며, 다소 무례한 질문을 던졌다. 전혀 예상치 못한 질문이었다. 그때 이미 지하철 타본 지 꽤 오래된 한섭 씨는 지하철 이용 요금 같은 걸 상세히 알지 못했지만, 잠시 뜸을 들인 후 침착하게 대답했다.

"죄송합니다만, 교통카드에서 소액 결제되는 걸 눈여겨보질 않아서……"

"그래서 알아요? 몰라요?"

"거리별로 다른 것으로 알고 있습니다."

실은 교통카드도 가지고 있지 않았으나 임기응변으로 이렇게 대답하고 빠져나갔다.

오랜 공직 생활에서 물러나고 한섭 씨는 지하철이나 버스 같은 대중교통을 다시 타게 되었다. 수십 년간이나 대중교통을 거의 이용할 일이 없었던 한섭 씨는 어색하고 많이 서툴렀다. 좀처럼 버스 노선이 눈에 들어오지 않았고 환승역에서는 방향을 못 찾고 이리저리 헤매기 일쑤였다.

사람들의 태도도 낯설었다. 천천히 걸어가는 한섭 씨의 어깨를 부딪치고도 누구 하나 사과하지 않았으며, 때로는 오히려 행동이 빠르지 못한 한섭 씨를 탓하는 젊은 사람들도 있었다.

장관이나 장성, 회장, 사장 등 장長자가 들어가는 전직 가운데 우울증에 걸리는 사람들이 특히 많다는 얘기를 한섭 씨는 공기업 이사장 자리에서 물러난 후 들은 적이 있다. 세상이 자신을 중심으로 돌아가는 자리에 있을 때와 그 후 변화된 삶의 간격에 잘 적응하지 못하며 작은 일에도 쉽게 서운한 감정을 표출하고 과민한 태도를 보인다는 것이다.

평소 호텔 사우나가 아니라 대중 사우나에 다니며 서민 장관, 서민 의원이라는 소릴 들은 한섭 씨는 우울감이 덜했음에도 지하철역이나 길거리에서 행인들에게 무시를 몇 번 당하고 나서는 자신이 관리하던 지역구에서도 먼저 웃으며, '국회의원을 지낸 김한섭입니다.'라는 말을 꺼내지 못했다.

그 많던 자칭 보좌관들과 선거 캠프의 운동원들은 모두 어디로 간 것일까? 장관에서 퇴임한 후에도 한동안 한섭 씨의 호칭은 장관님이었다. 장관님이라는 호칭이 의원님으로 바뀐 건 국회의원에 당선되고 나서가 아니었다. 본선도 아니고 당내 경선에 출마한 한섭 씨 앞에서 사람들은 국회의원이나 마찬가지라는 듯 의원님, 의원님, 하면서 굽신거렸다.

보좌관과 그들의 목줄을 쥐고 있는 국회의원은 거의

가신과 주군의 관계였다. 달콤한 권력 유지는 물론 자신과 딸린 식구들의 생계를 위해 의원들은 계속해서 선거에 출마할 수밖에 없었다. 그리고 보좌관은 자신의 주군이 당선되어야 생계를 이을 수 있는 극한 직업이었다. 그래서 사람들은 어떻게든 한섭 씨의 눈에 들기 위해 그를 극진히 받들었으며, 한섭 씨보다 더 열심히 유세장을 누볐다.

세월이 흘러 모든 공직에서 은퇴한 한섭 씨를 알아보고 간혹 먼저 인사를 건네는 사람들도 없지는 않았지만 날로 그 수가 적어졌다. '김한섭 장관 사우나'도 다시 간판을 바꿔 달았다.

'내가 누구인지 아는 사람 누구인가.' 언제부턴가 한섭 씨는 밖에서 하루에 자신을 알아보는 사람이 몇 명인가를 세보는 버릇이 생겼다. 숫자를 세는 간격은 점점 벌어졌으며, 마지막 숫자는 날로 줄어들어 한 손의 손가락을 다 채우지 못하게 되었다.

참으로 덧없는 것이 인생이었다.

"문제는 이런 노인들이 한둘이 아니라는 거야. 노인 개개인의 일탈이 아니라 사회 구조적인 문제로 접근해야지."

시내에서 친구들을 만나 한섭 씨는 탄원서 작성의 취지를 설명했다.

"완전 생계형 범죈데, 좀 봐주지. 판사가 많이 오버했군."

"법에 있는 대로 양형하면, 인공지능하고 다를 게 뭐야."

"한섭이 말대로 우리가 좀 나서서 도와주자고."

남의 일 같지 않은지 친구들은 이구동성으로 구 노인의 딱한 처지에 깊은 공감을 표하며 망설임 없이 서명했다.

그중 한 변호사 친구가 구 노인을 만나 의사를 물어본 뒤 탄원서를 법원에 제출하기로 했다.

친구들의 서명을 받은 한섭 씨는 기분 좋게 지하철을 타고 자택으로 이동했다. 적자를 줄이고자 철도공사에서 열차의 배차 간격을 넓혔기 때문에 출퇴근 시각이 아닌데도 지하철은 혼잡했다. 많은 승객이 자신 같은 노인이었지만 더러 젊은이들도 보였다. 경로석이 절반임에도 빈 좌석이 없어 한섭 씨는 몇 정거장을 서서 가야 했다.

한섭 씨가 학교에 다니던 시절에도 버스와 지하철은

늘 만원이었다. 그래도 그때는 서 있는 노인들을 보고 젊은이들이 자리를 양보했지만, 노인 인구가 절반에 가까운 노인 세상에서 노인은 대우를 받는 특별한 존재가 아니었다. 노인들은 젊은 세대가 짊어진 삶의 무게였다.

아주 긴 세월이 흘렀는데도 왜 교통 문제는 달라지지 않는지 문득 의아하다는 생각이 들 즈음, 빈 좌석이 생기자 한섭 씨는 냉큼 그리로 가서 앉았다.

그때였다.

"씨바, 무임승차 주제에."

가죽 재킷을 걸치고 코청에 쇠코뚜레 같은 고리를 끼운 젊은이가 한섭 씨를 노려보며 지껄였다.

한섭 씨는 그 젊은이가 자기 들으라고 한 말인 줄 알면서도 짐짓 못 들은 체했다.

그런 한섭 씨에게 젊은이가 다가와서 얼굴을 들이밀고 질겅질겅 껌을 씹으며 이죽거렸다.

"영감, 다리가 아프셨어요? 그러기에 나오긴 왜 나와. 방구석에 누워 숨이나 헐떡일 것이지."

이어 젊은이는 입으로 풍선을 터뜨리며 손가락 총을 쏘는 시늉을 하더니 검지와 중지로 한섭 씨의 빗장뼈 부위를 쿡쿡 찌르는 것이었다.

순간, 한섭 씨는 젊은이의 코청에 끼워진 코뚜레를 확 잡아당겼다. 젊은이가 비명을 지르며 대가리를 한섭 씨의 가슴에 묻었다.

"어디 한번 해볼래?"

한섭 씨가 코뚜레를 다시 바짝 잡아당겼다.

"아아아아…… 이거 안 놔, 못 놔."

"못 놔?"

이번엔 코뚜레를 세게 비틀었다.

"저, 놓아 주실래요?"

"임마, 어른 앞에서 똑바로 해! 나이도 어린 게 어디서 까불고 있어."

한 손으로 코뚜레를 쥔 한섭 씨가 다른 손으로는 잘 빗어 넘긴 젊은이의 머리칼을 쓰다듬으면서 말했다.

"네에."

젊은이는 금세 순한 소처럼 고분고분하게 굴었다.

"가 봐."

주변 노인들이 모두 한섭 씨를 쳐다봤다. 한섭 씨는 코뚜레를 잡아서 뽑아버리고 싶은 충동이 일었지만, 마음뿐이었다. 그는 자신의 빗장뼈 부위를 쿡쿡 찌르는 젊은이에게 아무런 대꾸도 못 하고 원래 내리려 한 승객처럼 조용히 자리에서 일어나 하차한 후 다음 열차를 타고 갔다. 그런데 다음다음 역이 하필 환승역이라 플랫폼에서 친구로 보이는 여성과 함께 있는 그 젊은이를 다시 만나고 말았다. 다행히 젊은이를 먼저 본 한섭 씨가 슬그머니 자리를 옮기려 할 때였다.

"거기, 무임승차. 동작 그만."

마치 마법에라도 걸린 듯 한섭 씨의 동작이 태엽 풀린 인형처럼 딱 멈추었다.

"저 할아버지야?"

몸에 딱 달라붙는 빨간 미니스커트 차림의 여성이 걸어오더니 한섭 씨의 엉덩이를 툭 치면 눈을 찡긋했다.

"오, 탱탱한데. 너보다 낫다. 야."

"씨바, 넌 가만히 있어."

코뚜레가 가볍게 여자의 팔을 잡아끌었다.

"집구석에 안 들어가고 여기서 뭐 해? 어디 온천관광이라도 떠나? 씨바, 이게 관광열차야? 다리가 아프면 아프다고 말을 하든가. 그런데 그 다리는 전동차 안에서만 아픈가? 아주 잘 건던데.”

“이 봐요. 젊은 양반. 내가 뭐 잘못한 일이라도.”

마치 장관 시절처럼 한섭 씨가 최대한 점잖은 표정을 지으며 코뚜레에게 입을 열었다.

“누가 잘못했다고 했어?”

코뚜레가 다시 손가락 총을 쏘려 할 때였다. 역내 보안이 걸어오고 있었다. 코뚜레는 손가락을 펴더니 한섭 씨의 어깨를 툭툭 털며 말했다.

“똑바로 해. 씨바, 무임승차 그만하고.”

자신의 엉덩이를 두드리면서 한섭 씨에게 윙크했던 빨간 미니스커트가 말없이 입술로 ‘또 봐’라고 시늉하며 손 키스를 날렸다.

곧 다음 열차가 플랫폼으로 진입했지만, 코뚜레와 함께 타는 것이 싫어서 한섭 씨는 일부러 계단을 올라갔다가 다음 열차를 탔다. 다행히 큰 봉변은 면했으나 한섭 씨는 분노가 치미는 마음을 간신히 억눌렀다.

전직 장관이자 국회의원이었다는 한섭 씨의 화려한 이력은 족보를 빛냈지만, 공무원연금과 의원연금 수급권을 제외하고는 실상 아무런 효력도 없었다. 전직 장관이자 국회의원도 그저 힘없는 한 사람의 노인일 뿐이었다.

분노한 노인들의 범죄도 증가했지만 여기저기서 노인 수난도 이어지고 있었다. 늙어 죄를 짓기도 하고 늙은 게 죄이기도 한, 서럽고 더러운 세상이었다.

일하지 않는 자, 먹지도 말라

공부뿐만이 아니라 운동도 곧잘 한 한섭 씨는 중고등학생 시절 반 대항 축구 경기나 농구 시합이 있으면 늘 대표로 뽑혀서 맹활약했다. 그런 만큼 젊어서는 체력적인 자신감이 넘쳤다. 힘은 육체에서만 나오는 것이 아니었다. 나이가 들었어도 권세 있는 자리에 있을 때는 두려운 것도 아쉬운 점도 없었다. 하지만 끈 떨어진 마스크 신세인 지금 남은 건 그저 마음뿐이었다. 몸은 따라주지 않았고 내 것으로 알았던 권세는 손에 든 물처럼 새어 나갔다.

'씨바, 젊어 코뚜레 녀석을 만났더라면 앞에서 설설 기게 만들었을 텐데.'

딱 붙는 미니스커트 차림의 코뚜레의 여자 친구를 생

각하면서 한섭 씨는 자신의 엉덩이를 두어 번 툭툭쳤다.

"탱탱한데."

'또 봐', 여성의 입술이 눈앞에 아른거렸다. 한섭 씨는 바지 속에 손을 넣었다.

그날 이후 한섭 씨는 혼자 지하철을 타고 이동하는 것을 되도록 피했다. 그는 습관처럼 '씨바'를 입에 달고 살았다.

"씨바."

거실에서 소파에 몸을 기대고 앉아 와인 한 모금을 홀짝 들이키던 한섭 씨가 또 저도 모르게 내뱉었다. 이태리 산 바롤로의 바디감이 혓바닥을 묵직하게 적셨다. 한섭 씨는 리모컨으로 TV 채널을 어지럽게 돌렸다. 출연자들이 웃고 떠들고 눈물을 짰으나 하나도 즐겁지 않았으며 슬프지도 않았다. 세상은 자신의 감정 따위에는 아무런 관심이 없는 것 같았다. 쇼 프로에서는 사람인지 가상인간인지 알 수 없는 빤짝빤짝한 빨간 미니스커트 차림의 여성이 리듬에 맞춰 몸을 흔들어 대고 있었다.

'요즘 빨간 미니가 유행인가? 근데 똑같이 생겼네.'

한섭 씨는 코뚜레의 여자 친구를 떠올리며 한동안 시

선을 고정했다. 끈적하게 몸을 흔들던 빨간 미니스커트가 들어가고 이번엔 코뚜레를 닮은 남성이 나왔다. 씨바, 뉴스나 보자, 채널을 돌리자 산에서 마주쳤던 그 대통령 후보라는 녀석이 의욕적인 모습으로 경제 공약을 발표하고 있었다. 다시 리모컨 버튼을 누르려던 한섭 씨가 리모컨을 내려놓고 와인 잔을 들었다.

"일하지 않는 자, 먹지도 말라는 기독교의 교리[2]도 있고 중국 불경에서는 일일부작 일일불식一日不作 一日不食[3]이라고 하였습니다. 이는 노동의 신성함을 말함과 아울러 불로소득을 경계하는 것입니다. 오늘날 우리 사회는 가마를 메고 가는 사람은 적은데 온통 가마를 타고 가려는 사람들뿐입니다. 이 사회적 모순을 어떻게 이해해야 할까요? 기본소득, 실업급여, 무상의료, 무상교육, 무상교통, 무상급식 같은 선심성 정책, 공짜를 남발한 결과 아니겠습니까? 특히 지난 수십 년 동안 국가로부터 막대한 혜택을 받아온 고령층에 대한 각종 보조와 무상 지원, 국가재정을

2 데살로니가후서 3:10

3 당나라의 고승인 백장회해(白丈懷海, 720~814)가 선종(禪宗)의 규율을 정한 백장청규(白丈淸規)에 나오는 경구다.

갉아먹는 가장 근본적인 원인입니다. 그들은 젊은 시절부터 너무 많은 빚을 냈어요. 그 결과, 지금 우리가 그 고통을 지고 있는 것입니다. 아니, 빚은 자기들이 내고 그걸 왜 우리더러 갚으라는 겁니까? 빚을 낸 사람들이 빚을 갚아야죠. 안 그렇습니까? 그래서 이 나라를 살릴 저 이동현, 우리 사회의 당면 과제와 경제 구조를 싹 뜯어고칠 공약을 국민 여러분께 발표하기 위해 이 자리에 섰습니다."

후보 녀석은 노인들이 국가재정을 파탄시키는 주범이라는 듯 노인에 대한 각종 복지정책부터 폐지하겠다고 선언했다.

한섭 씨는 가까이 있다면 후보 녀석의 아가리를 한 대 갈겨주고 싶다는 생각을 하며, 저녁 대용식인 딱딱한 육포 조각을 입에 넣고 아직 단단한 치아로 우적우적 씹었다. 몇 해 전에 아내와 사별한 뒤로 한섭 씨는 집에서는 주로 즉석식품으로 끼니를 때웠다.

"첫째, 65세 이상 고령층에 대한 경로연금을 단계적으로 축소해서 제 임기 내에 완전히 폐지하겠습니다."

"얼씨구!"

"둘째, 65세 이상 고령층에 대한 무상의료를 유상으로 전환하고 요양급여도 축소하겠습니다. 해마다 65세 이상에게 지급되는 건강보험금이 65세 미만에 비해 다섯 배나 됩니다. 앞으로는 65세 이상도 건보료 꼬박꼬박 내게 하겠습니다."

"절씨구!"

"셋째, 65세 이상 고령층에 대한 대중교통 무상 이용 서비스는 제 취임과 동시에 즉각 중단하고 유료화하겠습니다. 대중교통 이용자의 절반 이상이 무임승차하는 승객들입니다. 급하거나 반드시 필요한 일이라면 모르지만 나이 들었다고 공짜 전철 타고 온천 놀러 갔다가 점심 먹고 돌아오는 거, 이런 비생산적인 소비 활동을 국가가 보조해 주는 거, 이게 말이 되는 일입니까?"

"잘한다, 씨바!"

"넷째, 65세 이상 고령층에 대한 통신요금 보조도 취임 즉시 폐지하겠습니다. 형편이 안 되면 데이터 아껴서 쓰면 되는 거예요. 노인들이 방첩 활동하는 것도 아닌데 나이 들었다고 해서 그들이 사사롭게 사용한 통신료를 왜 국가에서 보조한다는 말입니까? 이러니 데이터를 함부로 쓰는 거죠."

"다섯째, 경로우대 관련 각종 세제 혜택도 폐지하겠습니다."

"여섯째, 노인 일자리는 확대하겠습니다. 생산인구가 점점 감소하고 있는데 노인이라고 놀기만 해서 되겠습니까? 노인도 열심히 일하는 시대, 열겠습니다."

"일곱째, 국민연금 지급을 이연하고 수급 연금 상한을 마련해서 납부 보험료와 지급 보험금의 불균형을 해소하겠습니다. 국가는 화수분이 아니에요. 부모도 자식이 성년이 되면 양육 의무가 종료되는데, 국가는 언제까지 노인 부양의 책임을 지라는 말입니까?"

경제 공약이라고 하지만 노인복지정책 축소가 골자였다. 후보 녀석은 각종 노인복지 정책을 축소하거나 폐지하면 단박에 국가 경제를 살릴 수 있다는 듯, 정면을 응시하며 때로는 불끈 주먹을 쥐고 손가락으로 카메라를 가리키기도 하면서 열변을 토해내고 있었다.

"좆 까라!"

한섭 씨는 TV 화면 속의 후보에게 주먹감자를 날렸다.

그러고는 후보 녀석의 얼굴이 클로즈업되는 순간, 신고 있던 실내화를 벗어 TV를 향해 던졌다. 날아간 실내화가 열변을 토하는 후보 녀석의 면상을 정통으로 맞혔다.

"나이스!"

한섭 씨가 두 주먹을 불끈 쥐었다.

옛말에 가난 구제는 나라님도 못 한다고 하고, 먹고 사는 것은 가지고 태어난다고도 했다. 하지만 중앙정부에서 오랫동안 복지업무를 수행한 한섭 씨는 이런 말들이 국가의 역할과 책임을 국민 개개인에게 슬쩍 떠넘기기 위해 지어낸 것이라고 생각했다. 자력갱생 自力更生 이니 각자도생 各自圖生 이니 하는 말을 한섭 씨는 싫어했다. 국민이 각자 살길을 도모한다면 도대체 국가의 역할은 무엇인가. 먹고 사는 것이 국민 개개인에게 달린 문제라면 전쟁은 국가가 아닌 국민 개개인이 나가서 싸워야 하는 문제인가.

공화국은 경제 규모에 있어서 전 세계에서 다섯 손가락 안에 드는 대국으로 성장했지만, 일자리는 점점 감소했다. 사람이 하던 일을 로봇과 인공지능이 대체했기 때문이다. 사람들의 일자리가 감소하는 것에 반비례해서 자본의 이익은 증가했다. 소량의 기름과 전기만 있으면 기계는 밤낮도 휴일도 없이 돌아갔다.

기본소득을 지급하거나 여러 가지 무상 서비스를 제공하려 모든 납세 의무자들에게서 세금을 더 걷을 필요는 없었다. 무임금과 초과 생산으로 발생하는 기업의 이익을 환수해서 마련한 재원으로 기본소득이나 사회보장적 성격의 각종 연금 등을 지급하자는 것이 한섭 씨가 입안한 신 복지국가 정책의 골자였다.

마침 진보적 정권의 집권기였으며, 대통령은 과단성도 있고 소통이 되는 인물이었다. 한섭 씨의 보고를 받고 대통령은 흡족해하면서도 우려스러운 표정을 지으며 말했다.

"야당에서 반대하겠지요? 어때요, 국민투표에 부쳐볼까요?"

대통령은 이렇게 말했지만, 정부 발의안을 국민투표에 부의한다고 절로 성사될 문제가 아니었다. 예상했던 대로 야권과 기업의 반대는 대단했다. 기업이 살아야 경제가 산다는 것이었다. 한섭 씨는 주요 대기업과 경제단체를 일일이 찾아다니면서 소득이 감소하고 소비가 죽으면 결국 기업도 생존할 수 없으므로 눈앞의 이익에 연연하지 말 것을 얘기하고 정부도 장기적인 계획을 가지고 기업 활동을 활발하게 지속할 수 있는 선순환 구조를 마련하겠다고 약속했다.

정부 책임자인 한섭 씨의 적극적인 행보와 간곡한 호소에도 기업들의 반응은 미지근했으며, 시간은 흐르고 법안은 공전하자 대통령은 정치적 부담을 느끼는 듯했다.

정공법의 한계를 느낀 한섭 씨는 동창생이나 지인이 대표나 임원으로 재직 중인 기업들을 테이블로 끌어냈다. 한섭 씨의 대학 동창생이 CEO로 있는 후발 기업에서 먼저 로봇과 인공지능의 사용을 통해 벌어들인 수익의 사회 환원을 약속하고 언론에서 이를 대대적으로 보도하자 분위기는 급반전했다. 한섭 씨의 동창들이 언론사의 고위 간부로 활발하게 활동하던 무렵이었다. 다음으로 정부는 수익의 환원을 약속한 기업을 사회적 기업으로 지정해서 정부와 지자체에서 공사를 발주하거나 물품 등을 조달할 때 가산점과 세제 혜택을 주는 방안을 발표했으며, 끝으로 시민단체들이 나서 사회적 기업에 대한 구매 운동을 펼쳤다. 처음엔 소극적인 구매 운동을 전개하던 시민단체는 나중엔 수익의 환원에 반대하는 기업 제품의 적극적 불매운동을 벌이며 판을 키웠다. 캐치프레이즈는 단순했다.

'함께 살자.'

학생운동을 한 덕에 한섭 씨의 지인은 시민단체에도 제법 많이 포진해 있었다. 드디어 국민이 정부의 정책에 호응해서 기본소득 지급안에 대한 국민투표는 압도적으로 가결되었다.

이렇게 자본가들과 그들의 이익을 대변하는 기득권의 강한 반발을 물리치고 한섭 씨의 아이디어는 법제화되었다. 정부와 기업과 언론과 시민단체들이 모처럼 합심하고 역할을 분담하여 이룬 쾌거였다. 막후에서 기업과 언론, 시민단체를 넘나든 한섭 씨의 조정 작업이 빛을 발한 것이다. 대통령은 한섭 씨를 일하는 공무원의 표상으로 극찬하고 표창했으며, 측근으로 중용했다. 한섭 씨로서는 참으로 신나고 보람 있는 세월이었다.

그런데 저 후보 녀석이 나라 경제가 이 모양, 이 꼴이 된 것이 자신이 만든 복지정책에서 비롯된 것이라는 듯, 집권하면 모조리 없애버리겠다고 하지 않는가. 한섭 씨는 왜 산에서 만났을 때 후보가 자신과 일행에게 데면데면하게 굴었는지 짐작이 갔다.

"씨바."

한섭 씨는 후보의 정책 발표를 끝까지 듣지도 않고 리모콘을 눌러 TV를 끈 다음 와인 한 잔을 단숨에 들이켰다. 그러고는 음악을 들으며 마음을 달래려고 서재로 갔다. 반려견 아롱이가 슬리퍼 한 짝을 물고 한섭 씨를 따라갔다.

I Just Died In Your Arms

한섭 씨는 손으로 만질 수 없는 것은 내 것이 아니라고 생각했다. 그래서 사진은 반드시 인화해서 보관했으며, 음악은 음반을 사서 소장했다.

서재의 한 벽면에는 그가 평생 수집한 수천 장의 음반들이 마호가니 목으로 짠 음반장에 가지런히 진열되어 있었다. 컬렉션은 다양했다. 비틀즈가 함부르크에서 토니 셰리던 Tony Sheridan 의 백 밴드로 활동하던 시절의 앨범[4]

4 무명의 비틀즈는 독일의 함부르크에서 일하던 시절에 같은 영국 출신 가수 토니 셰리던의 백 밴드로 활동한 적이 있다. 독일 최대의 항구도시로서 상업의 중심지이기도 한 함부르크는 서비스 산업도 함께 번성하여, 비틀즈를 비롯해 영국의 여러 초창기 로큰롤 뮤지션들이 함부르크에서 활동했다. 비틀즈가 토니 셰리던과 함께 이 시기(1961년)에 녹음했던 곡들은 후에 앨범으로 제작되어 발매되었다.

도 있었으며, 윈 모리스Wyn, Morris가 런던 심포니와 함께 사상 최초로 녹음한 베토벤 교향곡 10번 1악장[5]도 있었다.

스펙은 노력으로 쌓아도 교양은 공부로는 얻을 수 없는 것인지, 공무원 생활과 정치 활동을 하는 내내 한섭 씨는 문화적 소양이 부족한 고급관료들이나 교양 없는 정치인과 대화를 나눌 때마다 답답한 마음이 들곤 했다. 보유한 주식이나 부동산 등 물질적 재산 목록만 공개하게 할 것이 아니라 소장하고 있는 책이나 음반 같은 지적 재산 목록도 공개하게 하면 안 되는가, 그러면 공화국에서 내가 대통령이다. 벽면에 가득한 음반과 책들을 볼 때마다 한섭 씨는 뿌듯했다.

온라인 주문이 없던 시절, 한섭 씨는 좋아하는 뮤지션의 새 음반이 나온다는 소식을 접하면 세운상가에 있는 레코드 도매상으로 달려가 예약을 넣곤 했다. 레코드 가

....

5 베토벤의 교향곡은 9번까지로 알려졌으나, 사후 150여 년이나 지나 영국의 음악학자 베리 쿠퍼(Barry Cooper)가 베를린의 한 도서관에서 스케치 형태로 남아 있는 10번 교향곡의 일부를 찾아내 1악장을 완성했다. 1988년 9월, 세계 최초로 윈 모리스가 지휘한 런던 심포니 오케스트라에 의해 녹음되었다.

게를 뒤지고 다니면서 그토록 원하던 음반을 입수했을 때의 기쁨이란 미인을 드디어 내 사람으로 만들었을 때의 희열 같은 것이었다. 그렇게 발품을 팔고 용돈을 아껴 한 장씩, 한 권씩 사 모은 소중한 음반과 책들이었다.

학창 시절, 한섭의 자취방에는 팝이나 록뮤직 카세트 테이프가 가득했다.

"이게 다 뭐야? 이야, 취향 한번 독특하군."

어느 날, 함께 시국 문제를 논하던 선배가 한섭이 수집한 카세트 테이프들을 보더니 말했다.

"제국주의의 경제 침탈을 앞장서 막아야 할 사람이 자본주의의 상업문화에 이렇게 빠져 있다니. 낮에는 민중가요 부르고 저녁엔 이런 미제美帝 가요를 듣나?"

"선배, 그건 제 개인적인 취향일 뿐이에요. 개개인의 라이프 스타일은 존중되어야 하는 가치 아닌가요?"

"그래서 취향 독특하다는 거야."

"선배, 록의 정신은 저항과 자유예요. 그리고 밥 딜런이나 존 레넌처럼 반전과 평화를 노래한 뮤지션들도 많아요."

한섭은 제국주의의 경제 침탈을 저지하는 것과 그들

의 대중문화를 수용하는 일은 완전히 다른 문제라고 생각했다.

대중음악을 배격하는 대학문화가 있던 시절이었다. 이후로도 그 선배는 틈만 나면 한섭의 문화적 취향을 비꼬았다.

결국, 축제 기간에 학생회에서 가수를 초대하는 문제를 두고 한섭은 선배와 크게 다투고야 말았다. 한섭은 관행을 깨고 당시 젊은이들에게 인기 있던 대중가수를 초대하자고 했으나, 선배는 철없는 소리 말라며 대학가에서 민중가요를 부르는 가수를 초대하자고 한 것이다.

"노동가나 민중가요를 부른다고 해도 결국은 상업 가수 아닌가요? 그런 노래들만 부르는 가수가 따로 있지는 않아요."

한섭이 핏대를 세웠다.

"그래? 그러면 니가 좋아하는 밥 딜런을 불러오든가."

"……."

"왜, 밥 딜런이 바빠서 못 온대? 와서 반전과 양키 고 홈을 노래하면 좋을 텐데. 그리고 존 레넌은 죽었다고 했냐? 유감이다."

"뭐라구요?"

"존 레넌은 뒈졌다며, 그래서 유감이라고."

"말 다했어요?"

"그래, 다했다. 근데 이 자식이 보자, 보자 하니까……"

한섭은 머리통으로 날아오는 손바닥을 팔꿈치로 막고 주먹을 쥔 다른 팔을 잽싸게 뻗었다.

"어이쿠."

한섭의 가격에 선배가 손으로 코를 감싸쥐었다.

한섭처럼 생각하는 학생이 적잖았으나 대학가의 축제 문화를 바꿀 수는 없었다. 축제도 운동이라고 생각하는 학생들이 대학문화를 주도하는 시대였기 때문이다.

나중에 밥 딜런이 노벨 문학상을 수상했을 때[6], 한섭 씨는 한림원에서 대중가수에게 노벨상을 수여했다는 사실보다 엘리트 사회에서 밥 딜런을 모르는 사람이 너무 많다는 사실에 적잖은 충격을 받았다.

한섭 씨의 아버지는 군청의 말단 공무원이었다. 집안 형편이 넉넉하다고 할 수는 없었지만 어려운 살림도 아니

6 스웨덴 한림원에서는 2016년 노벨 문학상 수상자로 밥 딜런을 선정했다.

었다. 어려서부터 공부를 뛰어나게 잘했던 한섭 씨는 집안의 자랑이었으며 아버지의 큰 기대를 받았다. 중학교에 들어갔을 때, 아버진 한섭을 데리고 읍내에 나가 짜장면과 탕수육도 사주고 전파사에서 라디오 기능을 겸한 일제 카세트테이프 레코더를 사서 선물했다. 영어 공부하라는 뜻이었다.

라디오는 한섭에게 새로운 세상을 열어주었다. 라디오를 켜면 그 속에 한 번도 가보지 못한 서울의 소식이 있었으며, 심지어 먼 바다 건너의 미국도 가까이 있었다. 미군 방송을 듣기 시작한 것이다. 미군 방송을 청취하는 한섭을 보고 아버지와 어머닌 우리 한섭이가 벌써 영어 방송도 듣는다고 대견해 했다. 물론 미군 방송을 들으면 듣기나 발음 등의 영어 공부에 전혀 도움이 되지 않는다고는 할 수 없지만, 실은 한섭은 미군 방송에서 들려주는 인기 팝송을 청취한 것이다. 한 주 동안 미국에서 가장 인기 있었던 곡을 소개하는 프로였는데, 한섭은 이 방송을 듣고 또 들어 차트 순위를 달달 외울 정도였다. 매주 마다 차트에 급격한 변화가 생기는 건 아니라서 듣다가 보면 노래와 가수 그리고 순위가 절로 외워졌다. 더 뉴 넘버 원

히트 송 인 아메리카라는 디제이의 상투적인 멘트 뒤에 기대했던 곡명이 나오는 순간, 한섭은 마치 자신이 차트 1위를 차지한 것 같은 기분이 들었다. 뿐만이 아니라 청소년들을 대상으로 하는 국내 팝송 프로그램도 많았기 때문에 한섭은 디제이를 선생 삼아 팝송의 역사라든가 뮤지션들의 숨겨진 일화를 익혔으며 나중엔 전문가 소리를 들을 만큼 잘 알게 되었다.

한섭 씨가 대학생 시절, 대학가의 다방들은 손님들의 신청곡을 틀어주는 뮤직 박스를 두고 있었다. 그가 처음으로 한 아르바이트는 음악다방의 디제이였다.

"방금 들으신 곡은 스모키의 「리빙 넥스트 도어 투 앨리스Living Next Door To Alice」였습니다. 이 곡은 무려 24년간이나 마음속으로만 사랑하던 이웃 여성 앨리스가 이사 가는 것을 보면서 한 번도 마음을 고백하지 못했음을 후회하는 남성의 노래죠. 그런데 끝에 가서 반전이 있어요. 이 남성과 통화하던 셀리라는 여성이 실은 나도 24년간이나 너를 기다렸다고 말하죠. 여러분은 사랑하는 분에게 그냥 사랑한다고 고백하세요."

한때 비틀즈 만큼 인기가 있었던 스모키의 「리빙 넥스트 도어 투 앨리스」를 틀어주고 한섭이 곡의 가사를 요약해 줬다. 팝송 가사 설명은 영어에 능숙한 디제이인 한섭의 장기였다.

"다음 신청곡은…… 커팅 크루의 「아이 저스트 다이드 인 유어 암스……」 아, 처음 들어보는 곡이군요. 죄송하지만 이 곡은 없네요. 어느 분이 신청하셨죠?"

'커팅 크루, 잘린 승무원? 이게 무슨 뜻이야?' 어지간한 뮤지션과 팝송은 모르는 게 없다고 자부하던 한섭이 밴드 이름의 뜻을 속으로 추측하며 홀을 둘러봤다.

구석에서 청바지에 하얀 블라우스 차림의 한 여학생이 살짝 손을 들었다.

"아, 저기 계신 저 여성분. 오늘은 제가 시원한 아이스 커피 한 잔 쏘겠습니다. 사장님, 커피값은 제 알바 비에서 까 주세요. 언니, 저 여성분께 아이스 커피 부탁해요. 다음번에는 꼭 앨범을 구해서 들려 드리겠습니다. 대신 오늘은 밥 딜런의 「원 모어 컵 오브 커피One More Cup Of Coffee」 나갑니다."

한섭이 디제이로 나가는 뮤직 다방에 자주 혼자 들러

차를 마시고 음악을 듣다가 가는 낯설지 않은 여학생이었다.

그 여학생은 빠르게 한섭의 마음과 머릿속을 휘저으며 그를 장악했다. 그녀가 다방에 오지 않는 날은 세상이 텅 빈 것처럼 허전했고 나타나면 시간을 붙들고 싶었다.

그동안 한 번도 음악을 신청한 적이 없었는데 하필 첫 신청곡이 없다니, 한섭은 얼굴을 붉히며 원 모어 컵 오브 커피가 실린 밥 딜런의 「디자이어Desire」 앨범을 턴테이블에 올렸다.

"세상에서 영향력이 가장 큰 뮤지션은 두말할 나위 없이 비틀즈입니다만, 밥 딜런은 이 비틀즈에게 큰 영향을 끼친 대중문화 예술가죠. 특히 비틀즈의 리더인 존 레넌이 월남전에 반대해서 왕실로부터 받은 대영제국훈장을 반납하고 벌인 반전 퍼포먼스[7]는 아마도 음악을 통해 반전과 평화의 메시지를 대중에게 전달한 밥 딜런의 영향을

7 존 레넌과 그의 아내 오노 요코는 베트남전을 비롯한 모든 폭력에 대한 항의의 의미로 암스테르담의 한 호텔에서 1969년 3월22일부터 7일 동안 '베드 인'(bed in)이라는 평화 이벤트를 벌였으며, 미국 정부에서 입국을 불허하자 캐나다의 몬트리올에서도 같은 이벤트를 벌여 전 세계의 이목을 끌었다.

받은 행위가 아닐까 추측합니다."

다음 날, 수업을 마친 한섭은 커팅 크루의 앨범을 구하기 위해 세운상가의 도매상과 신촌 일대의 레코드 가게들을 돌아다녔지만 찾을 수가 없었다.

저녁 무렵에서야 신촌의 한 레코드 가게 주인으로부터 원하면 구해줄 수는 있지만, 물 건너 와야 하기 때문에 시간이 좀 걸린다는 말을 들은 한섭은 선금을 걸고 커팅 크루의 앨범을 신청했다.

얼마 후 레코드 가게 주인으로부터 앨범 구했다는 연락을 받고 한섭은 수업도 팽개치고 달려가 음반을 입수했다. 그러고는 저녁에 다방에 나가 「아이 저스트 다이드 인 유어 암스」가 수록된 「브로드캐스트Broadcast」 앨범의 B 사이드를 몇 번이고 돌리며 그 여학생이 오기만을 기다렸다.

카운터에서 '판돌이'가 판 갈이 안 하고 뭐 하냐는 눈총을 쏠 즈음, 한섭의 간절한 바람이 이루어졌다. 그 여학생이 나타난 것이다.

한참 동안 음반을 고르던 한섭 씨는 즐겨듣는 커팅 크

루의 「브로드캐스트」를 꺼내 야마하 GT-CD2에 올려놓았다. 야마하의 플레이어는 외장이 목재라 고급스러워 보였으며 마호가니 목으로 짠 음반장과 아주 잘 어울렸다. 보기만 좋은 것이 아니라 그다지 고가품이 아닌 앰프나 스피커와 연결하더라도 특유의 부드러운 음색을 잃지 않아 한섭 씨처럼 경제적 사정이 넉넉지 않은 음악 마니아에게 적합한 기기였다. 특히 낮은 볼륨에서도 놓치는 소리가 없어 공동주택에서 그만이었다.

공무원 시절, 한섭 씨는 할부로 이 명기를 장만했다. 음반은 워낙 많아서 한두 장씩 늘어나더라도 드러나지 않았으나 소스 기기는 감출 수 없기 때문에 한섭 씨는 야마하의 중고 CD 플레이어를 장만한 후에도 한동안 사무실에서 보관했다. 어느 날 이십 킬로그램이 넘는 장비를 신줏단지 모시듯 조심스럽게 안고 들어오는 한섭 씨를 보고 아내는 공무원이 무슨 고가의 오디오냐며 타박했지만, 수십 년을 아무 탈 없이 잘 듣고 있으니 따지고 보면 결코 비싼 게 아니었다. 한섭 씨는 돈을 함부로 쓰지 않았지만, 가족이나 자신에게 인색하지도 않았다.

내가 얻을 수 없는 것을 찾아왔답니다
주변에는 상심한 사람들이 아주 많지만
난 여기서 빠져나갈 쉬운 길을 알지 못해요[8]

한섭 씨는 애청곡인 「아이 저스트 다이드 인 유어 암스」를 반복해서 청취했다.

이윽고 와인 한 병을 싹 비운 한섭 씨가 대취하자, 구석에 엎드려 함께 음악을 듣던 반려견 아롱이가 남은 육포 조각을 입에 물고 얼른 제자리로 돌아갔다.

아롱이는 몇 해 전 유기견 보호소에서 입양한 진도 믹스견이었다. 입양할 때 보호소 관계자는 늙어 버려진 개라며 열 살이 넘을 것으로 나이를 추정했다. 어려서 외국에서 학교에 다닌 아이들은 잠시 돌아왔다가 결국 고향이나 마찬가지인 곳으로 다시 떠났다. 적적했던 한섭 씨와 아내는 강아지 한 마리 키워볼 요량으로 보호소를 찾

8 원 가사는 다음과 같다.
I keep looking for something I can't get
Broken hearts lie all around me
And I don't see an easy way to get out of this

았다. 품종 있는 작고 어린 강아지를 입양하려던 한섭 씨와 아내는 귀퉁이의 케이지에서 가만히 엎드려 있는 아롱이를 발견했다. 관계자는 보호소에 들어온 지 삼 년이 다 되도록 데려가겠다는 사람이 없어 곧 안락사를 앞둔 녀석이라고 했다. 제발 데려가 달라는 듯 한섭 씨 내외가 발걸음을 옮길 때마다 방향을 따라 바꾸면서 앞발을 들고 케이지를 마구 긁어대는 다른 강아지들과 달리 녀석은 한섭 씨 내외를 보고도 심드렁했다. 그동안 얼마나 많은 사람이 녀석을 보고 그냥 지나쳤을까. 한섭 씨는 애처로운 마음이 들었다.

시골집에서 한섭 씨는 백구를 키운 적이 있었다. 귀가 쫑긋하고 꼬리가 말려 올라간 시골에서 흔히 볼 수 있는 그런 강아지였지만 진돗개라 믿었다. 그 강아지의 이름이 아롱이였다. 아롱이는 한섭이가 학교에 갈 때는 큰길까지 따라 나오고 돌아올 때는 귀신같이 어귀에서 기다렸다. 한섭이 산으로 들로 내로 쏘다닐 때 거의 늘 아롱이가 붙어다녔다. 녀석은 낯선 아이들이 한섭일 건드리기라도 하면 이를 드러내고 으르렁거리거나 짖었다. 여름방학을 앞둔 어느 날, 학교에서 돌아오는데 늘 앉아서 기다리던 자리에 아롱이가 없었다. 이상하다고 생각한 한섭은 집에 와서 아롱이를 불렀으나 녀석은 끝내 나타나지 않았다. 녀석이 살던 집 앞에는 하얀 털만 수북했다.

한섭 씨는 아내와 상의했다. 아내도 어려서 비슷한 개를 키운 경험이 있다고 했다. 한섭 씨와 아내가 모처럼 의견 일치를 본 끝에 안락사를 기다리던 녀석은 극적으로 구출됐다. 아내가 떠난 후로 한섭 씨는 혼자서 아롱이를 돌보고 또 의지하고 있었다. 아무것도 두렵지 않은 나이였지만, 곳곳의 털이 듬성듬성 빠지고 눈도 점점 뿌예지는 아롱이를 볼 때마다 한섭 씨는 자신이 먼저 가게 될까 봐 마음이 무거웠다.

공직에서 은퇴 후 한섭 씨는 한동안 어느 동물 구조 단체의 비상임 이사로 활동하기도 했다. 드러내지 않았기에 세간에는 잘 알려지지 않은 일이다. 한섭 씨는 사람과 동물이 함께 행복한 세상을 꿈꿨다. 사람이 행복한 세상에서는 동물도 행복하고 동물이 행복한 세상이라면 사람도 행복할 거라 믿었다.

“씨바, 이 나라의 민주주의를 누가 일으켜 세웠는데, 니들이…… 이제 돈 없는 노인은 아파도 참아야 하고 마음 편하게 이동도 할 수 없다고.”

한섭 씨가 중얼거리며 깊은 잠에 빠졌다.

아버지와 아들

더 올라갈 곳도 쫓겨갈 곳도 없었다.

칠층 건물의 외벽에 붙은 비상계단에는 부서진 의자와 책상, 캐비닛 등 집기 비품이 어지럽게 쌓여 있었고 일 층의 진입로에서는 방패와 곤봉을 든 백골단이 제자리 뛰기를 하면서 명령을 기다리고 있었다.

만약 인간이 외골격을 가졌더라면 훨씬 폭력적이지 않았을까. 인체가 지금보다 강하게 진화했더라면, 인간은 더 호전적 동물이 되었을 것이다. 인간의 몸은 약하다. 그래서 알몸이 가지는 가치는 평화다. 복장이 체제와 질서, 관습을 나타낸다면, 알몸은 그것에 대한 저항의 의미이자 수단이다. 전쟁에 반대해서 벌이는 알몸의 시위가 호소력을 갖는 것은 원래 인간이 약한 존재이기 때문이다.

옥상에서 마치 투구벌레처럼 헬멧을 덮어쓴 백골단을 내려보며 한섭은 생각에 잠겼다.

학생들은 도서관에서 사흘째 농성 중이었다. 하늘엔 취재용 헬기와 경찰 헬기가 어지럽게 날아다니고 있었다. 일부 학생들은 옥상에서 방송국 헬기를 향해 구호가 적힌 피켓을 흔들었다.

군사독재 지원하는 미 제국주의 물러가라!

제국주의 경제침략기지 분쇄하자!

민족자주, 민중민주주의 쟁취하자!

건물 밖에선 경찰 간부가 확성기로 학생들의 투항을 권고했다.

"여러분은 모두 포위됐다. 어서 집회를 해산하고 내려오기 바란다. 스스로 내려오는 자에 한해 지금까지 있었던 일에 대해 최대한의 관용을 베풀겠다. 아니 없었던 일로 할 수도 있다. 여기 계신 여러분의 부모님들도 본관과 같은 심정이다."

도서관 농성이 언론을 통해 보도되자 학교에 간 자식들이 집으로 돌아오지 않던 것을 걱정하던 부모들이 학교에 찾아와서 농성 광경을 목격하게 되었다. 그들 중 일부는 애타게 자식의 이름을 부르며 찾았다.

"성일아, 민규야, 정아야…… 그만 내려온나. 이제 집에 가자."

하지만 학생들은 아래로 화염병과 집기 등을 내던지며 더욱 거세게 저항했다.

"안 되겠어. 저 새끼들, 이제 더 던질 화염병도 없을 거야. 1분대는 중앙 계단을 통해 진입하고 2분대는 외벽 계단을 통해 올라간다. 실시!"

경찰 헬기는 옥상의 학생들을 향해 최루탄을 퍼부었으며, 지휘관은 백골단을 투입하고 소방호스로 도서관 옥상 사방에 물대포를 쏘게 했다. 학생들이 화염병을 내던지지 못하게 하려는 조치였다.

먼저 뚫린 건 중앙 계단 쪽이었다. 학생들이 각종 집기와 비품으로 칠층 진입로와 옥상 입구를 막아 놓았지만, 백골단이 이를 뚫고 옥상에 진입한 것이다. 반면 좁고 가파른 외벽 계단은 학생들의 퇴로 차단용이라 전경들은 이곳을 통해서는 적극적인 진입을 시도하지 않았다.

옥상으로 진입한 백골단과 학생들은 격렬한 몸싸움을

벌였다. 학생들은 끌려 내려가지 않으려 서로 손을 잡고 바닥에 누워 버텨보았지만, 여학생들도 있고 이틀간의 철야 농성으로 많이 지친 데다가 경찰 병력에 비해 수적으로도 열세였다. 백골단은 그런 학생들을 곤봉으로 마구 두들겨 패고 여학생들의 머리끄덩이를 잡아서 끌고 갔다. 어느 여학생은 흘러내리는 치마를 양손으로 쥔 채 끌려가기도 했다.

그때였다.

백골단에게 쫓겨 뒷걸음치던 한 학생이 돌연 난간 위로 오르더니, '제국주의 앞잡이 군사정권 타도하자!'라는 구호를 외친 후 아래로 뛰어내렸다. 순식간에 벌어진 일이었다.

그 장면이 한섭의 눈에 슬로비디오처럼 흘렀다. 현실의 세상이 아닌 것 같았다. 쿵 하는 소리와 함께 곧 세상은 제 속도를 찾았다.

"어서 구급차 불러."

사태가 급박하게 전개되자 전경들이 비상계단을 통해 옥상으로 오르려 했다. 이를 학생들이 각목으로 저지하는 과정에서 전경 하나가 뒤로 넘어지자 다른 전경들도 도미

노처럼 쓰러져 구르면서 다수의 부상자가 발생했다.

격렬한 저항에도 불구하고 결국 학생들은 모두 제압되어 도서관 밖으로 끌려 나왔다.

"동작 봐라. 이 새끼들. 모두 앞 사람의 허리를 잡는다. 고개 숙이고 앞 사람의 가랑이 사이에 대가리 박는다. 실시!"

경찰 간부가 확성기를 입에 대고 명령했다.

"꾸물거리는 새끼들, 죄다 군에 보내버려야 해."

분풀이하듯 경찰들이 동작이 느린 학생들을 골라 걷어차거나 곤봉으로 팼다.

"여학생들도 시켜요?"

다른 간부가 확성기에게 물어봤다.

"야, 걔들은 따로 모아. 여학생들 이리 나와."

앞 사람의 땀이 밴 엉덩이에서 쿼쿼한 냄새가 났다. 모든 것이 거꾸로 보였다. 거꾸로 된 세상이었다. 거꾸로 된 세상을 바로 세우기 위해 학생들이 일어선 것 아닌가. 이런 생각을 하면서도 한섭은 고개를 빼 지연을 찾았다.

"뭘 두리번거려. 이 새끼가."

그 순간 묵직한 워커발이 한섭의 옆구리에 날아들었다.

공직 생활 이십여 년 만에 받은 대통령 표창장을 한섭의 앞에서 꺼내 보며 대대손손 가보로 간직하라던 아버지는 반정부 투쟁을 일삼는 학생들이 마뜩하지 않았다. 그는 어려서부터 수재 소리를 들으며 일가친척의 기대를 한몸에 받고 자란 아들이 서울에서 데모꾼들과 어울리는 게 아닌지 늘 염려가 되었다.

주말을 맞아 잠시 집에 내려온 수재 아들을 위해 아버진 닭을 잡고 어머닌 삶았다.

"한섭아, 나 좀 보자. 그래 서울 생활은 무탈하고?"

"그럼요. 아버지, 잘 지내고 있어요."

아버지가 들어오자 제 방에서 깍지 낀 두 손으로 머리를 받치고 누워있던 한섭이 벌떡 몸을 일으키며 대답했다.

"그래. 요즘 서울은 많이 시끄럽지?"

한섭의 말이 미심쩍은지, 아버진 담배에 불을 붙이면서, 시끄러운 세상에서 넌 어떻게 지내느냐는 말을 그렇게 돌려 물었다. 하지만 한섭은 이번엔 아무런 대답도 하지 않았다.

"너는 잘 처신할 것으로 믿는다만, 학생들이 아무리 대통령 물러나라고 나발을 불어도 그 양반이 곱게 물러날

위인이 아니지. 미국놈들도 마찬가지야. 아, 학생들이 돌아가란다고 돌아갈 거 같으면 애초에 그놈들이 여기 들어오지도 않았어. 그리고 김일성이가……"

"아버지, 저도 다 아니까 그만 하세요."

"그치, 너도 이 애비랑 똑같은 생각이지. 데모꾼들하고 어울리지 말고 넌 그저 학업에나 신경 써. 이 애빈 믿는다."

그러면서 아버진 부엌 쪽에다 대고 어서 상을 차리라고 했다.

"네, 곧 가져가요. 조금만 기다리세요."

부엌에서 아버지와 아들이 나누는 대화를 듣던 어머니도 신이 나는지 큰 소리로 대답했다.

밥상을 사이에 두고 아버지와 아들의 대화는 계속됐다.

"데모하는 학생들 다 빨갱이 맞지? 아니면 왜 미군들 철수하라고 그래? 여기 사람들은 다 그렇게 알고 있어. 이 김 씨, 저 김 씨 해도 우리나란 통일이 될 때까지 야당은 안 된다."

소주 한잔 들이킨 아버지가 풋고추에 된장을 찍어서

소리 나게 씹더니, 어머니가 뜯어 놓은 닭 다리를 두 손으로 쥐고 입으로 발라 먹었다.

"한잔 받아."

술기운으로 불콰한 아버지가 한섭에게 잔을 권했다.

"아버지, 지금 군부가 이 땅을 통치하고 있는 건……"

고개를 돌려 소주를 입에 털어 넣은 한섭이 말을 이었다.

"미국의 지원 때문이라고요. 이 땅이 찢어진 근본적인 원인도 따지고 보면 다 미국놈들 때문이구요. 군부 몰아내고 같은 민족끼리 함께 살아 보자는 게 뭐가 어때서요?"

"뭐라고? 같은 민족? 니들은 공산당 놈들을 몰라도 너무 몰라. 전쟁을 겪어보지 않아서 그래. 그놈들이 바라는 게 바로 미군 철수야. 저놈들은 그것만 기다리고 있는 거야. 이 나라를 냉큼 주워 먹으려고."

술기운 때문인지 한섭의 대답에 실망했기 때문인지 얼굴이 붉게 달아오른 아버지가 자신의 잔에 혼자 소주를 따르고는 담배를 꺼내 물었다. 한섭은 평소 아버지 주량을 봐서 술기운 때문은 아니라고 생각하면서도 물러서지 않았다.

"주워 먹긴 누가 누굴 주워 먹어요? 한 민족, 한 겨렌데."

"그럼 뭐 한 가지 물어보자. 한 민족끼리라면 너는 적화통일도 좋단 말이지?"

"그게 아니라, 통일은 분단될 때처럼 외세에 의해서가 아니라 우리 민족의 의사에 따라 이뤄져야 한다는 말이에요."

"그래서 니가 원하는 통일 조국이란 대체 어떤 나라냐? 빨갱이냐? 아니면 파랑이냐? 빙빙 돌려 말하지 말고 그것만 말해봐."

그날, 태어나서 처음 아버지에게 크게 대거리를 한 한섭은 밤에 가까이 사는 고등학교 선배를 찾아갔다가 이튿날 도망치듯 서울로 올라가 버렸다.

한섭이 아버지를 다시 만난 건 도서관 농성을 벌이다가 붙잡힌 뒤 경찰서 유치장 안에서였다.

"김 주사, 서울에서 대학 다닌다는 당신 아들, 데모하다가 붙잡혀서 유치장에 있다고 지금 군 경찰서에서 연락왔어요. 신원 확인차 전화한 거 같더라고. 이거 군수님이 아시면 큰일인데……"

상사로부터 똑똑한 당신 아들이 지금 서울의 어느 경찰서 유치장에 수감되어 있다는 소식을 들은 아버지가 한섭을 면회한 것이다.

"한서바, 한서바아. 이 눔아."

아버진 거친 손을 아들의 볼에 대고 눈물을 흘렸다.

"그래. 이놈들이 때리지는 않더냐? 내가 경찰하는 니 외종형한테 물어보니까 반성문 열심히 써내고 하면 학생이니까 실형은 면할 수도 있다고 하더라. 투신한 학생 때문에 지금 바깥 여론이 몹시 안 좋다. 그러니까 일단은 여길 빠져나오고 봐야 해."

심한 고초를 겪긴 했지만, 다행히 검찰의 기소유예 처분으로 학교로 돌아온 한섭은 아버지의 간절한 바람과 달리 계속해서 학생운동에 가담했다.

하지만 얼마 지나지 않아 이 땅엔 새로운 정권이 들어섰으며, 그 후 동구권이 몰락하면서 세계지도가 바뀌었다. 졸업을 앞둔 한섭의 앞에 놓인 길은 세 갈래였다. 현장에서 노동운동이나 시민운동을 하거나 취업을 해서 평범한 직장인이 되거나 대학원에 진학해서 학문의 길을 걷는 것이었다. 물론 군대도 가야 했지만 군 복무는 어느 길로 가더라도 거쳐야 하는 관문이라 선택할 수 있는 것이 아니었다.

한섭은 먼저 현장이나 재야에서 노동운동이나 시민운동을 하는 것을 생각해 보았다. 노동운동이나 시민운동은 학생운동과 비슷한 것 같아도 아주 다르다는 생각이 들었다. 물론 결코 쉬운 건 아니지만, 학생운동은 한정된 기간에 학교라는 울타리에서 살아가는 것에 대한 고민 없이 정의감만으로 할 수 있는 일인 반면 평생을 아무런 보호막 없이 재야에 머무는 것은 보통의 각오로는 버텨낼 수 없는 것이다. 스스로 원해서 재야에 남는 경우도 있었지만, 전과 등의 사유로 인한 불가피한 선택을 빼면 운동권 출신이라 하더라도 재야에 남는 인원은 극히 드물었다.

진로에 대해 고민할 무렵 한섭은 매트리스 제조 공장에서 일한다는 선배를 술자리에서 만난 적이 있었다. 아파트가 단독주택을 대체하면서 가정용 침대의 수요가 급속도로 증가하던 시기였다. 선배는 핸드 메이드라며, 매트리스 제조 과정의 노동 강도와 저임금 등 공장 노동자들이 처한 열악한 근로 환경에 대한 이야기를 이어갔다.

"메모리폼을 제작해서 스프링에 얹고 커버 씌우고 바느질하고 전부 다 일일이 수작업으로 하는 거야. 그러다 보니 자는 시간을 아껴도 하루에 몇 개 만들지도 못해. 노동자들의 수면 시간이 줄어들수록 소비자들의 숙면 시간이 늘어나는 거지."

선배의 얘기를 듣고 한섭은 노동 환경의 개선을 위해서라면 노동자가 되는 것보다 착한 사용자가 되는 편이 더 낫지 않느냐는 생각을 했다.

더구나 평생 자신만을 바라보고 산 아버지의 얼굴을 떠올리면 일생을 노동운동이나 시민운동에 헌신할 자신이 없었다. 한섭이 대학에 합격했을 때 동네 어귀엔 플래카드가 걸렸다. 아버진 마을잔치를 벌였으며 사람들은 자기 일처럼 좋아하면서 한섭의 장도를 응원했다. 한섭은 아버지의 미래이자 마을 사람들의 희망이었다. 한섭은 마을 사람들의 박수를 받으며 축하 플래카드 아래를 지나 서울로 떠났다.

아버지는 평생 말단 공무원이었지만 그렇다고 남들보다 빠지는 사람은 아니었다. 농고를 졸업하고 밭을 갈던 아버지는 뒤늦게 하급 지방공무원 시험을 봐서 임용되었지만, 농업지도계의 만년 주사를 벗어나지 못했다. 여름 방학 때면 아버지는 이따금 한섭을 데리고 현장 지도를 나가기도 했다. 아버지의 언변은 분명하고 조리가 있었으며 사람들은 그런 아버지의 말을 경청하고 따랐다. 평소에도 아버지가 자랑을 많이 했는지 사람들은 한섭의 머리를 쓰다듬으며, '니가 공부를 그렇게 잘한다는 그 아이로구나.'라면서 꼬깃꼬깃한 지폐 한 장을 쥐여주기도 했다. 그럴 때면 한섭은 어린 마음에 우쭐한 감정이 들었다. '실력 있는 아버지가 왜 만년 주사일까.'라는 의문을 가진 건 철들고 나서다. 세상을 살아가는 실력에 여러 가지가 있다는 걸 깨달은 것은 아주 먼 훗날의 일이었다.

다음으로 대다수의 학생이 선택하는 취업의 길, 취업이 아주 어려운 시절은 아니라서 명문대 출신이면 조금만 노력하면 어지간한 기업 문턱은 넘을 수 있었다. 취업을 위한 공부를 따로 하진 않았지만, 한섭은 자신의 실력이면 어디든 입사가 가능할 것이라고 자신했다. 그러나 왠지 평범한 직장인이 되는 건 마뜩하지 않았다. 어쩌면 어려서부터 일가와 주변의 기대를 한몸에 받으며 성장하면서 자신도 모르게 형성된 선민의식과 그로 인해 평범함과는 다른 생활을 막연히 꿈꾼 것이 한섭이 평범한 회사 생활을 거부하게 한 원인인지도 모른다.

현실 도피적인 선택일 수도 있지만, 결국 한섭은 대학원에 진학해서 학부 시절에 하지 못한 공부를 해보기로 결심했다. 입학한 대학원은 전액 장학금에 생활비까지 지원하면서 명문대 출신의 수재들을 유치하는 곳이었다. 관계로 진출한 선배와 친구들의 영향 그리고 학교 측의 강력한 권유로 대학원에는 적만 두고 그저 시험이라도 한번 쳐보자는 심정으로 고시 공부를 시작한 한섭은 합격해서 몇 년 뒤 중앙부처에 발령받았다.

첫 출근한 날, 한섭은 여전히 농업지도계 주사인 아버지의 전화를 받았다.

"한서바, 우리 한서바아…… 장하다. 네가 옳다, 옳아……"

아버지의 음성은 떨리고 있었다.

한섭은 저도 모르게 코끝이 찡했다.

전화선을 사이에 두고 아버지와 아들은 한동안 말없이 흐느끼기만 했다.

그때 손이라도 잡았어야 했는데

"한 사내가 버스 기사에게 다가가서 부탁합니다. 기사 양반, 제발 나 대신 좀 봐주오. 늙은 참나무에 노란 리본이 걸려 있는지를. 형기를 마치고 집으로 돌아가는 사내는 수감 중에 당신이 만약 날 기다린다면, 마을 어귀에 있는 늙은 참나무에 노란 리본을 매달아 놓으라고 사랑하는 여인에게 편지를 띄웠던 겁니다. 이윽고 버스가 사내가 살던 마을에 다다르고 사내가 차마 고개를 들지 못하고 있을 때, 버스 안에서 환호성이 터집니다. 늙은 참나무에 백여 개의 노란 리본이 달려 있었던 거죠.

한 편의 영화를 보는 듯한 이 곡은 실화를 바탕으로 쓰였다고 합니다. 곡의 제목을「타이 어 옐로우 리본 라운드

디 올드 오크 트리Tie A Yellow Ribbon Round The Old Oak Tree」로 아시는 분들이 많은데, 오엘이, 오울 오크 트리 Ole Oak Tree 가 정확한 제목입니다. 오울은 올드의 구어식 표현이라고 합니다.

자, 오늘의 마지막 곡으로 토니 올랜도 앤드 던 Tony Orlando & Dawn 의 「타이어 옐로우 리본 라운드 디 오울 오크 트리」 나갑니다."

「아이 저스트 다이드 인 유어 암스」를 턴테이블에 올려놓은 날, 한섭은 아르바이트를 마치고 노래를 신청한 여학생을 따로 만났다.

가까이에서 마주한 여학생은 화장기 없는 얼굴에 눈이 시원하게 크고 이목구비가 또렷했다. 한섭의 가슴이 방망이질 쳤다.

"팝송, 많이 들으시나 봐요."

눈밖에 보이지 않는군, 속으로 이렇게 생각하면서 한섭이 겨우 첫 마디를 뗐다.

"응. 조금. 영국에서도 살았고 미국에도 있었어. 신입생?"

대번에 말을 놓는 그녀의 태도에 한섭은 적잖이 당황했다.

"네."

"난, 이학년이고 미대생이야. 이름은 김지연. 지난번에 커피는 고마웠어. 근데 무슨 일로 날 보자고 한 거야?"

"아, 선배시구나."

한섭이 그냥 편하게 말하라는 듯 웃으며 대답했다.

"나이는 같을 걸. 내가 학교를 일 년 일찍 들어갔거든. 그래도 말 놓아도 괜찮지? 뭐, 안 괜찮아도 할 수 없지만."

"외국에서 오래 사셨나 보네요."

"아빠가 공무원이거든."

"그럼, 외교관?"

"외교관은 아닌데, 암튼 공무원들은 외국에 나갈 기회가 많아."

"아, 그렇구나. 우리 아버지도 공무원이신데……"

공무원들이 왜 외국에 나갈 기회가 많지? 군청 공무원인 아버진 외국은커녕 군도 벗어난 일이 없는데, 한섭은 지연의 말을 알아듣지 못했지만 이해하는 척했다.

"어머, 그러시니? 어디에 계셔?"

"군청에 계세요. ○○군청."

"집이 거기야? 음…… 그런데 팝송 많이 알더라. 언제 그렇게 들었니?"

"최신곡은 주로 미군 방송을 통해 듣고 지나간 건 국내 팝송 프로그램으로 들었어요."

"그래? 그럼 영어 잘하겠다. 하긴 뭐 우리 학교에 들어왔을 실력이면……"

지연이 놀란 듯 큰 눈을 더 크게 뜨며 말했다.

"다른 건 몰라도 발음이나 억양은 확실히 도움이 되는 것 같아요."

"그래, 맞어. 블랙 뮤직만 아니면. 근데 제법이다. 커팅 크루 앨범은 어디서 구했어?"

"신촌에 자주 가는 레코드 가게가 있거든요. 수입 음반도 엄청 많은데, 거기에다가 구해달라고 부탁했죠."

"그래? 돈 많이 썼겠네. 덕분에 잘 들었어. 걔들이 런던에서 결성됐잖아. 지난번에 영국 가서 들었는데, 국내에는 아직 소개가 안 된 모양이야. 난 그것도 모르고."

이렇게 말하면서 지연은 붉은빛이 도는 갈색의 파마머리를 어깨 뒤로 쓸어넘겼다.

"아니에요. 저도 덕분에 좋은 노래 알게 돼서…… 듣기 편한 록비트가 가미돼서 우리나라에서도 크게 히트할 것 같은 예감이 들어요. 그런데 닉 반 이데Nick Van Eede? 에드? 뭐라고 읽죠?"

한섭은 발음이 곤란한 커팅 크루의 보컬리스트 이름을 물어 봤다.

"그냥 살짝 이드라고 해."

"이드"

한섭이 지연의 입술을 보며 이드라고 발음했다.

"그래. 이드."

두 사람이 함께 활짝 웃었다.

"실은 이 앨범 드리려고 샀어요."

양 팔꿈치를 테이블에 댄 지연이 커팅 크루의 앨범을 내미는 한섭을 향해 상체를 기울이며, 나직이 물었다.

"나한테 관심 있는 거니?"

처음엔 근처 다방에서 기다리라고 하던 지연은 하곳길에 한섭을 자신의 방에 데려간 후로는 그냥 오라고 했다. 하지만 한섭은 지연의 자취방을 찾기 전에 근처에서 주인

집에 전화부터 걸었다.

"저, 학교 후밴데요. 김지연 학생 있으면 바꿔주세요."

이러면 주인집에서는 마치 보호자라도 되는 것처럼, 전공과 이름과 용무 등을 꼬치꼬치 캐묻고는 '지연이 학생 있어? 후배라는데, 전화 왔어.'라며 어렵게 바꿔주곤 했다. 하지만 여러 번 전화를 거니 나중엔 '한섭이 학생?' 이라 묻고는 바로 바꿔주든가, '멀리 안 나간 것 같다'며, 조금 있다가 다시 걸어보라고 친절하게 알려주기도 했다.

'싫으면, 전화 오면 없다고 말하라고 했을 텐데.' 집주인이 기다려 보라고 하면, 한섭은 지연이 자신을 싫어하지 않는 게 틀림없다고 생각하며, 느긋하게 담배를 피우면서 그녀가 돌아오길 기다렸다.

언젠가 하굣길에서 우연히 만난 한섭과 지연은 함께 걸어갔다. 한섭은 옆에서 걷는 지연 외에 아무것도 보지도 느끼지도 못했다. 그저 습관에 따라 익숙한 길을 걸어갔다. 그녀의 말과 향기를 바람이 전해주었다. 걷는 내내 황홀감에서 깨어날 수 없었다. 끝없이 이 길이 이어졌으면 싶었다. 천천히 각자의 자취방을 찾아가던 두 사람은 어느 순간, 말없이 작은 골목길을 벗어나 차가 다니는 큰

길가로 들어섰다. 일부러 빙 둘러 간 것이다.

"저기야. 내가 사는 곳."

이윽고 자취방에 도착한 지연이 말했다.

"나도 이 근천데……"

"들어왔다 갈래?"

그날 한섭은 태어나서 처음으로 여자의 방에 들어갔다.

좋은 냄새가 났다.

비좁은 방을 차지하고 있는 넓은 침대와 책상, 화장대를 겸한 서랍장 때문에 빈 곳이 거의 없었다. 겨우 남은 한 귀퉁이에는 이젤과 여러 화구 그리고 음반들이 보기 좋게 정돈되어 있었다.

"왜? 여자 혼자 사는 집에 처음 와 봐?"

우두커니 서서 우물쭈물하는 한섭에게 지연이 말했다.

실은 어디 엉덩이 붙일 자리가 없어서 그런 거였다.

"거기 앉아."

"어디요?"

"거기."

지연이 턱으로 침대를 가리키며 앉으라고 했다.

한섭이 침대 모서리에 엉덩이를 걸치려 할 때였다.

서랍장 위에 있는 석고상이 너는 누구냐며 노려보고 있었다. 성난 표정의 석고상을 마주한 순간 한섭은 저도 모르게 움찔했다.

"걔? 아그리파[9]야. 로마의 군인이자 정치가, 건축가였대. 좋은 사람이니까 걱정 마."

"건축가? 이것저것 많이도 했네요."

"응, 판테온도 세우고 특히 목욕탕을 많이 지었대."

"아…… 좋은 사람이 맞군요."

한섭이 살던 시골에는 목욕탕이 없었다. 목욕탕을 가려면 군청이 소재한 읍내까지 십여 킬로를 나가야 했다. 명절을 앞두고 아버지를 따라 목욕탕엘 가면 때가 그렇게 많이 나올 수가 없었다. 명절 맞이 목욕을 하던 한섭이 서울에 와서 놀란 건 목욕탕이 무척 많다는 것이었다. 서울 사람들은 몸을 깨끗이 씻나 보다, 깨끗한 서울 사람이 되기 위해 한섭은 자주 목욕탕엘 갔다. 아는 사람도 없고 시

---

9 아그리파(마르쿠스 비프사니우스 아그리파, Marcus Vipsanius Agrippa, BC62~BC12). 로마의 군인, 정치가, 건축가로 아우구스투스 황제의 친구이자 사위다. 줄리앙, 비너스와 더불어 미술학도들이 그리는 석고상으로도 유명하다.

간이 많아 자주 가다 보니 시험 기간에도 책이나 노트를 가지고 목욕탕엘 다녔다. 반신욕을 한 채로 책을 보고 있으면 시간이 잘 흘렀다. 처음엔 매번 학교 근처의 목욕탕엘 다녔으나 점차 범위를 넓혀 같은 구區에 있는 목욕탕을 순회하다 나중엔 인근의 구까지 진출했다.

"근데 침대 되게 크다."

모서리에 엉덩이를 반쯤 걸치고 앉은 한섭이 침대를 둘러봤다.

"퀸사이즌데 꽤 크지? 영국에서 가져온 거라서 그래. 그 사람들 크잖아. 뭐 좀 줄까?"

"아뇨. 괜찮아요. CCR 되게 좋아하시는구나."

존 포거티가 이끌던 미국 밴드 CCR Creedence Clearwater Revival 컬렉션이 지연의 책상 위에 놓여 있었다.

"너도 좋아하니?"

지연이 쟁반에 커피 잔을 받치고 와서는 한섭에게 건넸다.

"물론이죠. 「수지 큐Susie Q」 같은 곡도 좋지만, 베트남전에 반대하는 노래도 많이 만들고 불렀잖아요."

공통점을 발견한 한섭이 신나서 대답했다.

"맞아. 여기서는 이주일의 우스꽝스러운 수지 큐 덕분에 유명해졌지만. 그전에는 조영남이 「물레방아 인생」이라고 「프라우드 메리proud mary」를 번안해서 부르기도 했고. 한 가지 재미있는 일화 얘기해줄까?"

"뭔데요?"

"존 포거티가 나중에 솔로 활동을 재개하고 발표한, 「디 올드 맨 다운 더 로드The Old Man Down The Road」라는 곡 알지? 그런데 이 곡이 CCR 시절에 만든, 「런 스루 더 정글 Run Through The Jungle」을 표절했다고 전 소속 레코드 사로부터 소송을 당한 거야. 계약을 잘못 맺어서 저작권을 소속사가 가지고 있었기 때문이지."

"그래요? 그래서 어떻게 됐나요?"

"판사 앞에서 자기가 만든 두 곡을 불렀대. 결과는 존의 승리."

"어이없는 일이네요."

"그건 그렇고…… 요즘 읽고 있는 책 있니?"

"책이요? 강호지존……"

"그게 뭐야? 무협지? 요즘 무협지 읽어?."

"아르바이트 마치면, 뭐 별로 할 일도 없고."

"무협지? 재미있니? 근데 무협지 읽는 것도 좋지만 틈내서 이런 책도 읽어봐."

지연이 책꽂이에서 상중하로 된 두툼한 책 한 질을 뽑아 한섭에게 건넸다.

"다 읽고 나서 연락해. 그럼 다시 보자."

한섭은 스스로 머리가 좋다고 여긴 적은 없었다. 다만 암기력 하나는 분명히 좋다고 생각했다. 어떤 시험이든 결과가 그것을 말해주었다. 입시 위주의 학교 공부와 대학 입학시험은 열심히 외우기만 하면 좋은 성적을 얻을 수 있었다. 왜냐고 묻는 건 시간 낭비였다. 왜냐고 묻지 않고 어떻게 할 거냐고 묻는 세상에서 혼자 왜 그런지 따질 필요는 없었다.

대학 졸업하고 본 고시는 입시와 다른 줄 알았는데, 일차시험이 오지선다형이라는 것 외에는 별로 차이가 없었다. 사지선다나 오지선다나 어차피 옳은 것이나 틀린 것 하나를 고르는 시험이었다. 이차는 서술형이었지만 교과서나 수험서에 있는 정답을 외워서 작성하는 것이므로 결국 모든 시험은 다 똑같았다. 이해력이 아닌 암기력 테스트는 너무 길게 쓸 필요 없이 핵심과 결론 위주로 간결하게 작성하는 것이 답안 작성의 요령이었다.

누군가 그랬다. '공부가 가장 쉬웠어요.', 이 세상에서 가장 건방진 말이었지만, 한섭 씨는 집중력과 암기력이 뛰어난 사람에게 틀린 말은 아니라고 생각했다.

지연이 준 책 속에는 국정교과서 밖의 세상이 펼쳐져 있었다. 정답이라고 믿고 있던 것과 다른 답이 그 책에 있었다.

자랑스러운 조국은 없었다. 외세에 의한 해방으로 탄생한 자주적이지 못한 국가였으며, 부역과 부패 세력이 득세하고 독재 세력이 지배하는 정의롭지 못한 나라였다. 원수라고 배웠던 집단은 따듯한 피를 나눈 한 민족이었다.

그동안 알고 있었던 것이 오답이란 말인가? 한섭은 정오표 보듯 집중력을 가지고 한 자 한 자, 읽어나갔다.

현대철학사상연구회.

한섭은 간판을 보고 처음엔 무슨 철학관이 캠퍼스에 들어온 줄 알았다.

"자네 관을 쓰고 태어났구먼. 남들은 하나도 가지기 어려운데, 자넨 관을 세 개나 쓰고 있어. 평생 벼슬길이 끊기지 않을 아주 좋은 사주야. 사, 오 년 후에 반드시 좋은 일이 생길 게야. 언변이 좋고 임기응변에 아주 능해. 남의 일이라도 감당하지 않고는 못 견디는 성미라 말과 하는 일이 많아 바쁘겠군. 계변주작鷄變朱雀, 닭이 변해서 주작이 되는 운세니 어찌 곁에 사람이 없을 소냐. 다만, 말일세……"

"네."

"사주에 물이 필요하긴 한데, 그래도 항상 물을 조심하게. 넘치면 모자란 것보다 못하니."

대학에 입학한 해에 설 인사를 드리러 간 한섭에게 당숙은 법정대라면 고시를 봐야겠군이라며, 사주를 물어보더니 이렇게 말해주었다. 당숙이 운영하는 철학관의 이름이 현대철학관이었다.

줄여서 현철연이라고 부르는 곳은 지연이 가입한 서클이었다.

지연과 연락이 닿지 않자, 한섭은 스스로 현철연을 찾았다. 지연의 자취방이 있는 집에 전화를 걸었으나 없다는 말만 반복해 들은 것이다.

현철연의 문을 열고 들어서는 한섭에게 시선이 집중됐다.

"누굴 찾아 오셨어요?"

여학생은 낯선 사람을 경계하는 눈빛이었다.

"혹시, 김지연 학생 여기 왔나 해서요."

"어떻게 되세요?"

"후배 되는데요."

"그러시구나. 난 또…… 지연아, 손님 오셨어."

그 학생이 부르는 소리에 지연이 고개를 돌리더니 천천히 일어서 다가왔다.

살짝 당혹스러운 표정이 느껴졌지만, 지연은 이내 당당함을 찾고 말했다.

"다 읽고 연락하라고 했잖아. 읽어 봤니?"

"다 읽었어요."

"벌써? 정말?"

지연이 큰 눈을 크게 뜨며 믿지 못하겠다는 표정을 지었다.

"나흘도 안 지났는데, 천 페이지를 훨씬 넘는 철학 도서를 다 읽었다고?"

"이 친구가 소피가 말한 그 친구군. 난 3학년 이명훈이야. 경제학과고."

그곳에서는 지연을 소피라고 불렀다. 나중에 들어보니 프랑스 영화 '라붐'의 주인공 소피 마르소를 닮았다고 해서 그렇게 부른다는 거였다.

책의 내용에 대해 몇 가지 물어본 이명훈은 그날 저녁 한섭을 막걸리 집으로 데려가서 환영해 주었다.

"민족해방과 조국통일 그리고 민주주의 만세!"

"만세!"

명훈이 막걸리 사발을 높이 쳐들고 사람들에게 술을 권하자, 일동이 만세라며 서로의 잔을 부딪쳤다. 건배라고 하지 않고 만세라고 하는 것이 특이했다.

"대단한 수재군. 생소한 내용일 텐데. 다 읽고 이해하는데 사흘밖에 안 걸렸다니."

다른 간부 학생이 이렇게 말하며, 잔을 들어 독재타도를 외쳤다.

그날, 취중에도 한섭은 멀찌감치 떨어져 앉은 지연에게서 눈을 떼지 않았다. 다른 여학생이 없진 않았지만, 남자가 많은 조직이라 그것이 염려스러웠다.

북송 말엽, 오랑캐에게 잇따라 침입을 받은 송宋 황조는 하루도 편안한 날이 없었다. 난세에서는 누구나 칼만 잘 쓰면 장군이 될 수 있었다.

독고검은 장군이 되기 위해 칼 한 자루 달랑 차고 상경한 청년이다. 시골에서는 기운깨나 있고 칼 좀 쓴다는 말을 들었다. 수도 개봉으로 올라온 그는 그만 사기꾼들에게 당해, 가지고 있던 것을 모두 털리고 흠씬 두들겨 맞는다. 다리 위에 쓰러져 있던 그를 마침 무림 고수 계현승의 딸인 계영영이 발견하고 구해 준다.

계현승의 문하에 들어간 독고검의 실력은 일취월장해서 동문 가운데 상대가 없을 정도가 되었다. 독고검은 계영영과 사랑을 나눈다.

이때 금나라에서 화친을 위해 송나라 황자皇子를 볼모로 보낼 것을 요구하자, 황제의 막내아들인 강왕康王이 일신의 안위보다는 국가의 존망을 걱정하고 자청해서 금나라로 떠난다. 황자의 호위무사가 되어있던 독고검은 계영영과 함께 강왕을 수행해서 먼 길을 떠난다.

강왕을 인질로 잡은 금나라 장군 아골타는 그가 서자라는 사실을 알고는 적자인 다른 황자를 인질로 보낼 것을 요구하는 한편 미모가 뛰어난 계영영에게 자신의 수발을 들도록 한다. 절체절명의 위기에서 독고검은 홀로 금나라 무사에 맞서 강왕을 탈출시키고 아골타에게 겁탈당하기 직전의 계영영을 구출한다.

독고검은 강왕을 모시고 금나라 군의 추격을 피해 무사히 송나라에 이르렀다. 얼마 뒤 신하들의 추대를 받아 강왕이 보위에 오르니 그가 바로 남송을 개창한 고종高宗[10]이다. 독고검은 곁에 머물라는 황제의 거듭된 요청에도 불구하고 연인 계영영과 함께 표표히 자신의 길을 떠난다.

한섭이 읽고 있던 강호지존江湖至尊은 남송의 건국 과정을 배경으로 픽션을 가미한 정통무협소설이었다.

계영영, 계영, 지영, 지연…… 한섭이 술에서 그리고 잠에서 깨어났다. 한섭은 지연의 꿈을 꾸었다. 지연을 소피라고 부르던 선배는 금나라 장군 아골타가 되어 나타났다. 그 후로도 한섭은 계영영의 이미지에 지연을 떠올리

10 송(宋) 고종(高宗, 1107~1187, 재위 : 1127~1162)은 휘종(徽宗)의 아홉 번째 아들이자 흠종(欽宗)의 동생이다. 휘종과 흠종이 금나라로 끌려가(정강의 변, 靖康의 變) 종사가 끊어지자, 황제에 올라 남송을 창업했다.

곤 했다.

투신한 학생 때문에 여론이 좋지 않아서 그런지 권력은 주동자들과 시위 가담 학생들을 선처했다. 전국대학생반독재투쟁연합의 임시 의장이던 한섭이 기소유예 처분을 받을 정도였으니 대부분의 단순 가담자들이 받은 처벌은 알만했다.

석방되고서 얼마 지나지 않았을 때 한섭은 담당 검사의 연락을 받았다. 또 무슨 일이지 싶었는데, 시간 날 때 그냥 같이 차나 한잔하자고 했다.

검사는 검찰청 근처의 다방에 먼저 와서 한섭을 기다리고 있었다. 취조실에서 본 모습과 달리 검사는 그냥 배가 볼록한 중년의 아저씨였다. 잠시 같은 사람인지 생각한 한섭은 그가 앉은 자리로 가서 꾸벅 인사를 했다.

검사는 한섭에게 앉으라고 하더니 메뉴를 고르게 했다.

"마시고 싶은 거 뭐든 얘기해. 비싼 거라고 해봐야 쌍화차지만."

한섭은 프림 커피를 골랐다.

"여기 프림 커피하고 쌍화차, 계란 동동 띄워서."

차를 시킨 검사가 담배를 물며 말했다.

"고생 많았지?"

"아뇨, 검사님 덕분에…… 기소유예 처분도 받았고."

검사가 주변을 둘러봤다.

"이런 데서는 그렇게 부를 필요 없어."

"그럼 뭐라고 불러요?"

"그냥 편하게 선배님이라 불러. 사석이잖아."

검사는 한섭의 학교 선배이기도 했다.

"근데 결정을 어디서 한 거예요?"

"무슨 결정?"

"제가 기소유예 받은 거……."

"우리 학교 수준이 이렇게 떨어졌나? 야, 너 법정대생 맞아? 아무리 운동권이라도 기본적인 건 좀 알아야지. 사람들은 니가 잘 아는 줄 알고 법에 대해 이것저것 묻고 그럴 텐데."

"그게 아니라, 검찰에서 기소해서 실형 구형할 줄 알았거든요."

"뭐, 대통령이 기소하지 말라고 지시했을까 봐?"

짧은 치마를 입은 다방 레지가 커피와 쌍화차를 가지고 와서 검사 옆에 딱 붙어 앉더니 익숙한 솜씨로 노른자를 쌍화차에 띄웠다. 한섭은 티스푼으로 돌려가며 노른자를 익히는 그녀의 모습을 신기한 듯 바라봤다.

"뭘 그렇게 쳐다봐? 커피에도 띄워줄까?"

검사가 그런 한섭을 보고는 엷은 웃음을 지으며 말했다.

"한섭아, 너 대한민국 검사 월급이 얼만 줄 아냐?"

"……."

"모르겠지. 그럼 내가 당장이라도 옷 벗고 나가면 한 달에 얼마나 벌 거 같냐?"

"많이 벌 수 있지 않나요?"

"그것도 잘 모르겠지. 내가 왜 개업하지 않고 이러고 사는 줄 아냐? 나쁜 놈들 잡으려고 검사가 됐는데, 검사가 돼 보니까…… 세상엔 나쁜 놈들보다 억울한 사람들이 더 많더라고."

검사가 쌍화차에서 계란을 건져 먹으면서 말했다.

"그래서 검사로서 최소한 억울한 사람들은 만들지 않기로 했어. 변호사가 하는 일이 그거 아니냐고 물을 수도 있는데, 억울한 사람 만들지 않는 게 아니라 나쁜 놈들 구제하는 게 변호사들의 주업이더라고. 나도 옷 벗고 나가면 그럴 것 같더라고. 그래서 검사로 재직하는 동안이라도 억울한 사람 덜 만들기로 했다. 그게 검사로서 내가 할 수 있는 유일한 정의 실현이야. 그렇다고 한섭이 니가 억울하다는 말은 아니야. 반국가단체 구성 그리고 찬양, 고무…… 형사 피의자로서 너의 혐의는 뚜렷해. 다만 처벌의 필요성은 적다고 봤어. 왜 그런 줄 알아?"

"……"

"난 너를 별로 위험하다고 보지 않거든. 그래서 내가 우리 부장하고 싸우고 널 기소유예 결정한 거야."

이렇게 말하고서 검사가 팔로 슬쩍 레지의 허리를 감쌌다. 손이 어디에 스쳤는지 레지가 움찔했다.

"앞으로 니가 싸워야 할 상대는 이 사회에 널렸어. 니가 변하지만 않는다면 말이야. 사회에 나가서 니 목줄 쥔 놈들과 더 치열하게 싸워보라고. 목줄 쥔 놈들에게 맞서는 게 진정한 용기가 아닐까? 그러다 운 없으면 날 다시 만나게 될지도 모르고……. 차 식는다. 들자. 에헤, 아까운 거 다 식어버렸네. 야, 이거 다시 따끈하게 데워줄 수 있냐?"

"오빠두 참."

레지가 치마 밑단을 손바닥으로 쓸어내리며 자리에서 일어났다.

그날 이후 한섭은 그 검사 선배와 다시 만나지 못했다. 자신이 용기 있는 행동을 하지 못한 것인지 운이 좋았던 것인지는 알 수 없었지만, 가끔씩 그날 이후의 삶이 이전보다 더 나은 삶인지 스스로 물어봤다.

구치소에서 가장 나중에 풀려 난 한섭은 학생들 사이에서 영웅이 되어 있었지만, 자신이 겪은 고초를 한 번도 입 밖에 꺼내지 않았다.

돌아와 보니 자취방이 마구 어질러져 있었다. 뭐라도 건지려 무식한 경찰들이 책과 카세트 테이프 등을 모조리 가져간 것이다.

자본주의의 상업문화를 자본주의를 수호하는 경찰이 뺏어가다니, 하지만 놈들이 내 머리와 마음속에 있는 것까지 빼앗지는 못하리라. 한섭은 다시 책과 카세트 테이프를 사 모았다.

그 후로 한섭이 무엇을 듣든 누구도 더는 뭐라 하지 않았다.

한섭은 자신이 지킨 것이 무엇인지를 생각했다.

민주주의?

혼자 지키기에는 너무나 큰 가치다.

록의 정신?

그것은 저항이니까, 그것을 지킨 건 맞는 것이었다.

사랑은?

유치장과 취조실 그리고 구치소에 갇혀 있는 동안에도 한섭의 머릿속에서는 지연이 떠나지 않았다.

훈방 처분을 받은 지연은 한섭이 구치소에 있는 동안 세 번을 찾아와 미안하다고 말했다.

"미안해, 먼저 나가서."

"미안해, 나 때문에."

"미안해. 그냥 미안해."

구치소에서 나온 한섭은 지연의 자취방부터 찾아갔다.

"한섭이 학생, 오랜만이네."

아무 것도 모르는 집 주인이 한섭을 반겼다.

"근데, 웬일?"

"지연이 선배……"

"어디 다녀왔어? 지연이 떠났는데."

"네? 어디로요?"

"이런, 부모님 계시는 곳으로 간다고 하던데."

얼마 후 한섭에게 소포가 도착했다.

속에는 노란 리본에 묶인 카세트 테이프가 들어 있었다. 금지곡 때문에 라이선스로는 전곡 반을 구할 수 없는, 밥 딜런이 그의 어깨에 머리를 기대고 팔짱을 낀 여성과 다정하게 거리를 걷는 모습의 커버 사진으로도 유명한 「더 프리휠링 밥 딜런The Freewheelin' Bob Dylan」 앨범[11]이었다.

그 후 한섭은 지연에게 편지를 띄웠으며, 전화 통화도 여러 번 했지만 한 번도 왜 떠났느냐고 물어보질 않았다. 물어본다고 달라질 것은 없었기 때문이다. 언제부턴지 지연의 연락처가 바뀌었으며 답장이 오지 않았다. 한섭도 더는 편지를 부치지 않았다.

---

11 밥 딜런의 2집 앨범으로 커버 사진의 주인공은 당시 밥 딜런의 연인이던 수지 로톨로(Suzie Rotolo)다. Blowin' In The Wind, Masters Of War 등 평화와 반전을 노래한 곡들로 유명하다.

그 무렵, 한섭은 다른 여학생과 교제를 시작했다. 뮤직 다방에서 서빙을 하던 다른 학교의 키가 훌쩍한 여학생이었는데, 한섭에게 적극적으로 대시했다. 두 사람은 오래 만나지 않았다. 그 여학생은 어느 미인 대회의 지역 예선에 출전해서 본선까지 진출했다. 철판순대를 안주로 친구와 소주잔을 기울이던 한섭은 브라운관에서 수영복 차림의 그 여학생을 보고는 사레가 들어 털어 넣었던 술을 뿜을뻔했다. 이후 그 여학생이 직업 모델로 활동한다는 소문이 들렸다. 한섭은 그 여학생에게 연락하지 않았다. 도서관 옥상에서 함께 본 보석 같은 별처럼 그의 마음속에는 지연이 박혀 있었다.

"어떻게 지냈어요?"

지연은 여전히 화장기 없는 얼굴이었다. 세월의 흔적이 잔설처럼 희미하게 눈가에 녹아 있었다. 처음 대화를 나눈 날처럼 한섭 씨가 어렵게 먼저 입을 뗐다.

"그냥저냥, 지금도 음악 많이 들어요?"

"요즘 음악은 별로, 옛날 노래가 좋죠."

"저도 그래요."

이어지는 침묵 속에 한동안 두 사람이 갇혔다.

"아이는?"

다시 한섭 씨가 먼저 입을 열었다.

"둘이에요. 한섭 씨는?"

"저도. 둘 다 여기서 학교에 다녀요."

"아…… 그럼 와이프랑 함께 와 있겠네요."

"……."

"혼자?"

한섭 씨가 잠시 머뭇거리는 틈에 지연이 재차 물었다.

"아뇨."

이십몇 년 만의 만남이었다. 세월의 간격은 컸다. 대사관에 있는 지인에게 부탁해서 무척 어렵게 만났는데, 막상 만나보니 대화가 잘 이어지지 않았다.

"지금도 커팅 크루 듣고 있어요. 더는 히트 앨범을 못 내고 사라졌지만, 소식 알아요?"

한섭 씨가 커팅 크루를 얘기하자 지연의 표정이 환하게 밝아졌다.

"이드"

둘이 동시에 발음하며 함께 웃었다.

내생이 이런 것일까? 아련한 추억이 전생, 그리워한 기간이 현생에 해당한다면 새로운 만남은 내생이 아닌가.

내생은 꿈처럼 다가와서 거품처럼 사라져갔다. 곧 새로운 꿈이 그 자리를 채울 것이다.

지연을 다시 만난다면 무슨 말을 할까 생각해 보았다. 그토록 다시 만나고 싶었건만 훗날 지연이 떠난 곳으로 해외 파견 근무를 나갔을 때, 한섭 씨는 지연을 찾아보려다 그만두었다.

그녀는 현재가 아니라 과거에서 발하는 빛이었으며, 자신이 그리워하는 것은 과거의 순간이었기에.

'그때 손이라도 잡았어야 했는데…… 아니 사랑한다는 고백이라도 했더라면……'

사랑한 사람에게 사랑한다는 말을 하지 못한 것이 이처럼 후회될 줄이야. 누구를 사랑하든 사랑하는 것이 잘못은 아니지 않은가. 도서관 옥상에서의 일을 생각할 때마다 한섭 씨는 진한 아쉬움이 들었다.

얼마 후, 대통령이 바뀌었지만, 세상은 바뀌지 않고 그대로였다. 학생들은 변하지 않은 세상에서 지속적인 투쟁의 명분을 유지했다. 어수선한 세월이었다.

앵그리 실버

아침에 일어났더니 지인들에게서 여러 통의 메시지가 도착해 있었다. 하나같이 야당 대통령 후보의 공약에 대해 분개하는 내용이었다.

그날 저녁 한섭 씨는 야당 후보를 욕하기 위해 서울 한복판에 있는 서까래가 노출된 오래된 한옥 곰탕집에서 죽이 맞는 친구들을 만났다. 대학 시절부터 친구들과 어울려 다니던 맛집이었다. 한섭 씨는 공무원 생활을 할 때도 가끔 이 집에서 동료들과 회식도 즐기고 그랬다.

"세상은 바뀌었어도 이 집 곰탕 맛은 여전하군."

한섭 씨가 뜨거운 곰탕 국물을 숟가락으로 떠서 후후 불며 음미했다.

"탕 끓이는 무쇠솥이 아마도 백 년은 되었을 걸."

"입맛은 백 년이 아니라 천 년이 지나도 그대로 일 거야."

한 친구가 섞박지를 소리나게 깨물었다.

"우리 학교 다닐 때 말야, 이 집 주방장이 자가용 타고 퇴근한다는 말도 있었지."

"허허, 맞어. 그런 얘기가 있었지. 지난 세월이 꿈만 같네. 그려."

곰탕과 수육을 안주로 잔을 비워가던 한섭 씨의 친구들은 핏대를 세워 야당 후보를 욕질하기 시작했다.

"그 자식, 산에서 만났을 때 알아봤다고 난. 다 젊은 사람들 자극해서 표 벌자는 수작 아냐. 자, 한 잔 받게."

후보가 일행을 무시하고 지나간 것에 몹시 분개하던 친구가 한섭 씨의 빈 잔을 채워주었다.

"부산 바다구에서 발생한 부녀자 강간살해 사건의 용의자 일흔네 살 박 모 노인은 십여 년 전 아내와 사별한 이후 지금까지 홀로 지냈습니다. 박 노인은 지난달 28일 새벽 다섯 시 삼십 분 경, 스무 살 이 모양을 성폭행 후 살해한 혐의를 받고 있습니다. 경찰에 따르면, 이날 해운대

역 에스컬레이터에서 앞서 있는 이 양을 발견한 박 노인은 이 양을 쫓아가 인근 건축물 공사장으로 끌고 가서 성폭행을 저질렀습니다. 박 노인은 이 과정에서 이 양이 반항하자 마구 폭행해서 기절시킨 후 한 차례 성폭행한 것으로 드러났습니다. 박 노인은 성폭행 후 기절한 이 양의 이마를 벽돌로 내리쳐 사망에 이르게 하고 달아났다가 붙잡혔습니다. 경찰은 하지만 박 노인이 자신은 성적 불능이고 아무런 기억이 나지 않는다며, 범행 일체를 부인하고 있어 전문가의 진단을 통해 노인성 치매 여부를 가리기로 했다고 말했습니다.

거주가 불분명한 여든일곱 살 장 모 노인은 세종시의 고급 빌라 단지에 주차되어 있던 슈퍼카 이십여 대를 망치로 파손한 혐의를 받고 있습니다. 장 노인은 지난 4일, 우연히 주운 망치로 낮 두 시부터 약 한 시간 동안 고급 빌라 단지를 돌며 주차되어 있던 슈퍼카 십여 대를 잇달아 파손했습니다, 장 노인은 자신은 사는 게 재미없는데, 고급 자동차 안에서 애정 행각을 벌이고 있는 남녀를 목격한 순간, 충동적으로 범행을 저질렀다며, 경찰에 선처를 호소했습니다.

전라남도 대동군에서 농사를 짓는 아흔두 살 윤 모 노인은 아들과 말다툼을 한 뒤 집을 나와 인근 축사에 방화를 저질렀습니다. 지난 10일 정오 무렵, 집에서 나온 윤 노인은 가지고 온 휘발유를 강 모 씨 소유의 축사에 끼얹고 불을 붙인 혐의를 받고 있습니다. 윤 노인의 방화로 강 씨가 사육하던 젖소 여섯 마리가 불에 타는 등 경찰 추산 오천만 원의 재산 피해가 발생했습니다. 윤 노인은 범행 당시 만취 상태였던 것으로 알려졌으며, 경찰은 자세한 사건 경위를 밝히기 위해 윤 노인의 아들을 참고인으로 불러 조사하고 있습니다. 이웃들은 윤 노인이 평소에도 아들과 다툼이 잦았다며, 욱하는 성질까지 있어 마을에서도 상대하는 사람이 없었다고 말했습니다.

강원도 거성군에 사는 일흔아홉 살 신 모 노인은 지난 13일 오후 세 시 경, 상방읍 주민센터를 찾아가 엽총을 난사해서 세 명을 살해하고 도주했습니다. 목격자들에 따르면 신 노인은 민원이 뜻대로 처리되지 않는다며 난동을 부리다가 골프 백에 숨겨서 가져간 엽총을 꺼내 무차별 난사한 것으로 알려졌습니다. 신 노인의 총기 난사로 성 모 주무관 등 세 명의 공무원들이 숨지고 두 명이 크게 다쳐 인근 병원에서 치료를 받고 있으나 위중한 상태라고 합니다. 경찰은 신 노인이 범행 직후 인근 야산으로 도주했다는 목격자들의 증언에 따라 신 노인의 행방을 추적하고 있습니다."

식당에서 켜놓은 TV에서는 최근 잇달아 발생한 노인 범죄가 보도되고 있었다.

"나 참, 오래 살아서 저게 무슨 꼴이야."

한섭 씨의 친구 한 사람이 혀를 끌끌 찼다.

"이 같은 노인 범죄의 잦은 발생 원인은 무엇입니까?"

진행자가 심각한 표정을 지으며, 스튜디오에 나와 있는 취재기자에게 물었다.

"성난 노인들을 가리켜 '앵그리 실버'라고도 부르는데요, 취재 결과, 범행을 저지른 노인들의 공통점은 경제적으로 넉넉하지 않다는 것입니다. 전문가들은 경제적 형편이 어려운 노인들에게 사회적 고립감이 더해지면서 평소 극도의 우울증을 앓던 이들이 일순간에 분노를 표출하거나 순간적 충동으로 범행을 저지르고 있다고 범행 원인을 설명하고 있습니다."

"그렇군요. 그런가 하면, 노인을 대상으로 한 살인사건도 최근 들어 연쇄적으로 일어나고 있습니다. 지난 12일 저녁 여덟 시 경, 서울 한서구의 한 아파트 단지 놀이터에서는 온몸을 십여 차례나 흉기에 찔린 채 쓰러져 숨져 있는 여든한 살 김모 노파가 발견되었습니다. 경찰은 김 노인이 기초생활수급자로서 잃어버린 물건이 없다는 가족들의 진술에 따라 원한 관계에 의한 살인사건으로 보고 김 노인의 주변 인물들을 불러 조사 중입니다."

"노인을 대상으로 한 범죄도 많이 일어나고 있죠. 그 이유는 무엇으로 봅니까?"

"피해자 대부분도 역시 경제적 형편이 어려운 노인들이라는 점에 주목할 필요가 있습니다."

"부유한 노인들이 아니라는 말이군요."

"그렇습니다. 방금 보도해드린 서울의 한 아파트에서 벌어진 노파 살인사건의 피해자도 독거노인에다 기초생활수급자로 밝혀졌죠. 또 지난달 광주에서 발생한 연쇄살인 사건의 피해자들도 모두 경로연금에 수입을 의존하는 형편이 어려운 노인들로 알려졌습니다. 한편, 이틀 전 대구에서는 지하철 좌석을 두고 승객들 간에 시비가 붙어 마흔아홉 살 우모 씨가 아흔네 살 심모 노인을 마구 폭행해 숨지게 하는 사건이 발생하기도 했는데요. 우 씨는 자리 양보를 요구하는 심 노인에게 나도 나이들 만큼 들었다, 내 돈 내고 내가 앉아서 가는데 무임승차한 사람이 자리를 내놓으라는 게 말이 되느냐며, 심 노인을 따라 하차한 후 지하철 승강장에서 마구 폭행한 뒤 계단에서 밀어 숨지게 했습니다. 당시 CCTV로 범행 장면을 목격한 지하철 보안 요원이 긴급 출동하긴 했지만, 사건이 워낙 순식간에 일어나 손쓸 겨를이 없었다고 합니다. 이와 같은 노인을 대상으로 한 범죄의 공통적 특징은 우리 사회에서 형편이 어려운 노인을 필요 없는 존재로 인식하는 경향이라고 하겠습니다. 그러다 보니 부유층 노인이 아니라 형편이 어려운 노인들이 범행 목표가 되는 거죠."

"한 마디로 더이상 경제적 생산을 하지 못하는 노인들이 각종 무상이나 면세 혜택 등으로 국가재정의 고갈을 가속하고 있다는 인식이로군요. 이와 관련해서 민주국가당 이동현 대선후보가 어제 공약을 발표했죠."

"그렇습니다. 이 후보는 국가재정 고갈을 가속하는 각종 연금 등을 재설계하고 무상의료의 유상 전환 계획 등을 발표했습니다."

대구 지하철역 살인사건 보도를 듣는 순간, 한섭 씨는 자신에게 일어난 일을 생각하고 가슴을 쓸어내리고는 소주 한 잔을 들이켰다.

가까이 앉은 친구들은 그런 한섭 씨의 속도 모르고 원샷을 외치며 그를 따라 소주잔을 입에 가져갔다.

"공공근로 확대를 통한 노인 일자리 창출도 그래. 젊은 것들은 주로 앉아서 일하고 우리는 청소하고 풀 뽑고 경비 서고, 이거 거꾸로 된 거 아냐?"

"나이가 아니라 경력을 보고 사람을 써야지."

"이러다 우리 같은 사람들은 공민권도 제한하는 거 아냐?"

"피선거권이라면 법으로 제한하지 않아도 어차피 어느 정당에서도 공천을 안 해줄 거야."

"한섭이 자넨 어떻게 생각해? 출마 금지당하기 전에 다음 총선에라도 나가 보는 게."

오래전에 도서관 농성을 함께 했던 친구가 가만히 듣고만 있다가 입을 열었다.

"내가? 이 나이에 삼선에 도전하라고?"

"우리 나이가 뭐 어때서? 자네라면 가능할 거야. 공천을 안 해주면 우리가 당 하나 새로 만들지 뭐."

"그래, 그거참 좋은 생각이군. 노인 비중이 압도적인 지역구를 골라서 출마하면 어렵지 않게 당선될 것 같은데…… 자, 원샷!"

사실 노인 비중이 유권자의 절반을 넘는 시군구가 꽤 많았지만, 노인의 권리를 대변할 의원 수가 절대적으로 부족한 이유는 노인들이 공천받기 어려운 정치적 생태에 있었다. 정치 활동에 정년이 있는 것은 아님에도 정당들은 마치 연예인 뽑듯이 가급적 새 얼굴을 선호했다. 먼저 물갈이하지 않으면 물갈이된다는 정치판의 전통적인 인식 때문이었다.

자조 섞인 농지거리를 주고받으며 웃고 떠들던 노인들의 술자리는 한 친구의 연애담으로 넘어갔다. 오래전에 상처하고 그동안 쓸쓸하게 지내던 친구는 애인을 만나고서 삶의 활력이 생겼다고 했다. 취미가 비슷해 함께 여행도 하고 실버 극장에서 옛날 영화를 관람하면서 친해졌다고 했다.

"옛날 영화가 좋았지. 요즘 영화들은 봐도 무슨 소린지 난 통 모르겠더라고."

"노인들을 위한 영화는 없나?"

"없지. 감독들이 죄다 젊은 애들이라서 늙은이들의 정서를 잘 모르니까."

"나이든 감독들이 만들면 될 거 아냐?"

"누가 투자를 해야 만들지."

"하긴 그렇군. 근데 자네 애인이랑 그것도 하나?"

"뭐 말이야?"

"왜 이거 있잖아."

한 친구가 소리 나게 양손을 부딪치면서 짓궂게 물었다.

"허허, 이 사람 뭐 당연한 걸 묻고 그래? 왜 자네는 그게 안 되나?"

"난 사이버 애인이 있어. 아무리 그래도 역시 실물이 낫지."

애인이랑 그것도 하느냐고 묻던 친구가 부러운 표정을 지으며 소주를 들이켰다.

"이모작 인생인데 결혼도 이모작 하면 좋은데."

"아, 능력만 되면 이모작이 아니라 삼모작, 사모작이라도 못할 거야 없지."

"한섭인 삼선, 사선하고……."

누군가 이렇게 말하자 붉은 웃음이 번졌다.

한섭 씨도 스물 몇 살이나 연하라는 애인을 만난다는 친구가 무척 부러웠다.

'씨바, 난 전직 장관인데……'

도대체 백 세 인생의 진정한 승자는 누구인가? 이런 생각을 하며 한섭 씨는 들었던 소주잔을 탁 소리가 나게 테이블에 올려놓았다.

이 모습을 본 친구들은 한섭 씨가 야당 후보 때문에 단단히 열 받은 것으로 생각하고 서로의 빈 잔을 채워주었다.

"자, 한섭이의 삼선을 위하여!"

"위하여!"

한섭 씨가 천천히 소주잔을 들어올리며 작은 소리로 '위하여'를 따라 외쳤다.

호모 사피엔스 아고라

기어코 그 녀석이 당선되고 말았다.

표차는 근소했다. 사람들은 대선을 20세기와 21세기의 대결이라 불렀다. 여당 후보는 20세기, 야당 후보인 이동현은 21세기 출생이었기 때문이다.

보혁 같은 정치색이나 지역감정이 아니라 몇 세기에 태어났느냐에 따라 지지하는 후보가 뚜렷하게 갈린 선거였다.

20세기에 출생한 사람들은 여당 후보에게 몰표를 던졌지만, 21세기 사람들의 압도적인 지지를 얻은 이동현의 당선을 저지하는 데 실패했다.

전국은 노인들의 곡소리로 가득 찼다. 젊은이들은 앞

으로 송장 치울 일만 남았다고 노인들을 조롱했다. 노인을 대상으로 한 범죄와 노인들의 범죄는 공화국에서 매일같이 발생했다.

이처럼 어수선한 와중에 이동현이 공화국의 새 대통령으로 취임했다. 20세기를 물리친 이동현은 21세기에 탄생한 사람 가운데 공화국의 대통령이 된 최초의 인물이었다.

이동현 대통령은 취임 즉시 자신이 발표했던 공약들을 적극적으로 실천했다.

가장 먼저 경로연금을 대폭 삭감하고 다음으로 고령자에 대한 무상교통과 무상의료를 전면 폐지했다. 통신비 보조도 중단했다. 국민연금은 재정 상태가 호전될 때까지 지급을 미루기로 했다.

대통령의 공약 이행에 젊은이들을 환호했다. 반면 연금에 생활을 의존하던 노인들은 당장 끼니를 걱정하는 신세가 됐다.

공화국의 많은 노인들은 날마다 무료 급식소를 찾아 줄을 서서 자신의 배식 순서를 기다렸다. 이동현 정권 집권 이후 급식소를 찾는 노인들이 크게 늘어 배식을 받으려면 워낙 긴 시간을 기다려야 했기 때문에 노인들은 아침을 먹고 나면 바로 점심을 위한 줄을 서야 했고 점심을 먹고 나면 다시 저녁 배식을 기다려야 했다.

줄 서서 기다리는 노인들의 표정은 지치고 피로해 보였다. 살기 위해 먹는 것이지만, 먹기 위해서 사는 목적과 수단이 뒤바뀐 비루한 삶의 모습이었다. 스스로 선택할 수 없는 삶은 사는 것이 아니라 죽음에 이르는 과정이었다. 오늘 심을 한 톨의 사과나무 씨앗도 없는 노인들은 모두 죽음의 긴 줄에 서서 자신의 차례를 기다리며 그저 한 끼의 메뉴를 궁금해했다.

"이건 날마다 공황이군. 대공황 말야."

배식이 시작되고 한 시간이 지나서 겨우 밥과 반찬을 받은 어느 노인이 식판을 들고 식탁으로 가면서 자조적이고 힘없는 목소리로 신세를 한탄했다.

"공황이 아니라 공포지. 근데 뭐야, 이건 그냥 맹물 국에 밥 말아 처먹으라는 얘기군."

젓가락으로 콩을 집으며 개수를 세던 다른 노인이 어이없다는 듯 숟가락으로 희멀건 된장국을 휘저었다.

김치와 돼지고기볶음, 콩자반으로 구성된 일식삼찬이

라고 하지만 반찬의 양이 터무니없이 적었다. 된장국에서는 시래기 한 조각 건지기도 어려웠다.

노인은 순서를 기다리던 다른 노인들을 밀치며 배식 창구로 돌아가더니 시래기 건더기를 요구했다.

"죄송합니다. 할아버지, 추가 급식은 금지되어 있어서요."

국자로 국을 푸던 배식원이 시선을 다른 노인의 식판에 고정한 채 사무적으로 응대했다.

"추가? 뭐가 추가야? 준 게 있어야 추가지. 그거 이리 내놔."

노인이 사납게 말하면서 거칠게 국자 손잡이를 빼앗았다.

"이러시면 안 돼요."

국자를 빼앗으려 하는 노인과 빼앗기지 않으려 하는 배식원 간에 실랑이가 일었다. 이 과정에서 그만 국 통이 엎어져 된장국이 바닥에 쏟아졌다.

"앞에 뭐야. 씨발, 배식 받았으면 후딱 처먹을 일이지."

뒤에서 이 장면을 지켜보던 다른 노인이 배식 창구 앞으로 걸어와 배식원과 실랑이를 벌이는 노인을 향해 거친 말을 쏟아냈다.

"뭐라고? 당신이 뭐야?"

"배급 받았으면 얼른 꺼져라, 이 말이야."

"이거, 어디서 배운 말버릇이야? 당신 올해 몇 살이야?"

"어디서 배웠으면? 니기미, 니 애비 뻘이다."

"뭐야? 니 애비가 그렇게 가르치더냐?"

배식원과 실랑이를 벌이던 노인이 눈을 부라리며 주먹을 쥐고 팔을 들어 올리자, 상대 노인이 재빨리 국자로 그 노인의 안면을 후려쳤다.

"어이쿠."

국자로 가격당한 노인의 얼굴에 시래기 건더기가 달라붙었다.

"됐냐? 그거나 먹어. 새꺄."

"오냐. 오늘 너 죽고 나 죽어보자."

시래기 건더기를 떼어낸 노인이 국자를 들고 있는 노인에게 달려들어 멱살을 잡았다.

"어쭈, 이 손 안 치워."

"못 치운다."

"이 새끼가……"

국자를 들고 있는 노인이 무르팍을 차올렸다.

"억!"

시래기 노인이 외마디 비명을 지르면서 급소를 붙잡고 바닥에서 뒹굴었다.

"맛이 어떠냐, 어차피 쓸모도 없는 물건 한 대 더 먹여 주랴?"

국자를 든 노인이 야비한 표정으로 쓰러진 노인을 내려다 보면서 지껄였다.

소동이 일어나자 노인들이 몰려 나왔다.

"뭘 쳐다봐. 싸움하는 거 첨 봐? 돌아가서 먹던 밥들이나 마저 처먹어. 이 빌어먹을 인간들아."

노인이 국자를 들어 구경꾼들을 향해 내뻗으면서 씨부렁거렸다.

"배식 중지. 배식 그마안……"

무료 급식소의 스태프들이 달려와 드잡이질을 벌이는 노인들을 뜯어말렸다.

하지만 노인들이 앞다퉈 주방에 난입해서 밥과 찬을 퍼갔기 때문에 급식장은 순식간에 아수라장이 됐다. 이 과정에서 쓰러져 짓밟히고 실신하는 노인이 발생해서 결국 경찰과 구급대원까지 출동했으며, 사건은 뉴스를 탔다.

'노인들 무료 급식소에서 난동, 국 더 달라, 배식원에 행패, 일부는 실신하기도'

'뭐야, 이런 식충이들. 하루 세끼나 거저 먹여 준다고? 무료 급식, 이것도 당장 폐지해야 해.' 동정론이 일 것도 같았지만 노인들에 대한 여론은 싸늘했다. 사태가 발생하고 얼마 지나지 않아 언론은 노인들에 대한 무료 급식 사업을 폐지해야 한다는 여론이 우세한 국민 여론조사 결과를 앞다퉈 발표했다.

심각한 문제는 이와 같은 소동이 무료 급식소뿐만이 아니라 연금공단이나 건강보험공단 등 노인성 복지가 폐지된 다른 행정기관에서도 심심찮게 발생한다는 점이었다. 노인들은 아파도 병원에 갈 수 없고 돈이 없어 굶어 죽게 생겼다며, 거리로 쏟아져 나와 정부에 대책 마련을 촉구했다.

젊은 시민들은 주민센터에서 일어난 엽총 난사 사건을 떠올리며, 정부에 재발 방지책을 마련하라고 요구했다.

한섭 씨의 간곡한 탄원에도 불구하고 법원은 선처하지 않고 구종길 노인에게 징역형을 선고했다. 구종길 노인은 이젠 굶어 죽지는 않겠다며 벌금형 대신 징역형을 순순히 받아들였다. 이어 법원은 배가 고파서 시장에서 김치와 떡을 훔쳐 먹은 여성 장발장 노인에게 다시 감당할 수 없는 벌금형을 때렸다. 비록 생계형 절도라고 하지만, 노인 절도 범죄가 걷잡을 수 없이 증가하는 것도 법원의 판단에 영향을 미쳤다. 하지만 구종길 노인의 사례를 눈여겨본 노인들은 차라리 훔쳐 먹고 감옥에서 먹고 자는 문제를 해결하겠다며 대놓고 무전취식을 하기도 했다. 노인들에 대한 여론은 점점 악화됐다.

장발장 노인 석방하라며, 순번을 정해 법원 앞에서 1인 시위를 벌이던 한섭 씨와 친구들은 이제 처지가 어려운 노인들을 위해 광장으로 나갔다.

"경로연금 회복하라!"

"무상의료 재개하라!"

"국민연금 지급하라!"

"그동안 쥐꼬리만큼 나오던 경로연금이 축소되고 국민연금은 지급되지 않고 있습니다. 우리보고 굶어 죽으라는 말인가요? 연금을 우리가 그냥 받는 게 아니지 않습니까. 젊었을 때 뼈가 빠지게 일해서 노후를 위해 적금처럼 부은 돈인데 왜 그 돈을 돌려주지 않는다는 말입니까? 연금이 부족한 건 그동안 정부가 기금 운용을 잘못해서지 우리 책임이 아니지 않습니까? 여러분 그렇지 않습니까?"

연단에서는 흰 글자로 '연금 쟁취하자'는 구호가 적힌 붉은 머리띠를 두른 시위 주동자가 정부 정책을 신랄하게 비판하고 있었다.

시위대 여기, 저기에서 '옳소', '투쟁하자'라는 구호가 터져 나왔다.

"지금 이곳에는 경로연금과 무상의료 등의 노인복지 정책을 설계한 김한섭 장관도 나와 계십니다. 김한섭 장관을 모셔서 말씀 들어보죠. 김 장관님, 앉아 계시지 말고 이리 올라오세요."

시위 주동자는 오래전에 한섭 씨와 학생운동을 함께 했던 친구였다. 한섭 씨와 달리 평생을 재야에서 시민운동가로 활동했는데, 용케 한섭 씨를 알아본 모양이었다.

"여러분, 김한섭 장관님을 큰 박수로 맞아주시기 바랍니다."

김한섭! 김한섭! 시위대는 박수와 함께 김한섭을 연호했다.

"안 나오면 쳐들어간다, 쿵짜라쿵짝!"

마지못해 일어섰으나 한섭 씨는 자신에게 쏠리는 노인들의 간절한 눈빛과 자신을 연호하는 소리에, 까맣게 잊고 있던 야성이 가슴 속에서 꿈틀대는 걸 느꼈다. 오랜만에 느끼는 감정이었다.

한섭 씨는 노인답지 않게 성큼성큼 걸어서 연단으로 올라갔다.

"이 자리에 모이신 호모 사피엔스 아고라 동지 여러분, 안녕하십니까? 방금 소개받은 김한섭입니다. 제가 '안녕하십니까?'라고 물었지만 여기 모이신 분들 가운데 요즘 안녕하신 분이 어디 계시겠습니까. 안녕하신 분 계시면 어디 손 한번 들어봐 주세요."

이렇게 말하고 한섭 씨는 시위대를 둘러보았다. 손을 든 사람은 아무도 없었다.

"그렇지요. 여러분, 안녕하시지 못하지요?"

"네."

한섭 씨가 대답을 유도하자 시위대가 우레와 같은 함

성으로 호응했다.

"그렇습니다. 경로연금 제도와 무상의료는 제가 현직에 있을 때 만든 제도입니다. 그러니까 벌써 수십 년도 더 됐어요. 그동안 아무 문제도 탈도 없던 제도입니다. 그런데 왜 이동현이가 대통령이 되고 나서 서비스가 중단됐을까요? 그것은 이 정권이 연금을 제멋대로 방만하게 운용했기 때문이에요. 기금이 줄줄 새고 손실이 확대되고 있어요. 이게 말이 되는 얘기입니까? 그런데 지금 그 책임을 수급권자인 우리에게 지우고 있습니다. 이 사람들 걸핏하면 돈 없어서 못 준다고 하는데 사회적 보험이 무슨 계입니까? 없다고 못 주게. 동네 계주契主도 이러지는 않아요. 이동현이는 계주보다 못한 위인이에요."

김한섭! 김한섭! 김한섭!

웅변을 마친 한섭 씨를 시위대가 다시 연호했다.

비록 준비 안 된 즉석연설이었지만, 간결하고 설득력이 있는 한섭 씨의 연설은 그날 시위 참가자들로부터 뜨거운 호응을 얻었다.

시위를 마치고 한섭 씨와 친구들은 식사를 하기 위해 모처럼 가까운 패밀리 레스토랑으로 들어갔다. 한 친구가 파스타와 피자를 쏘겠다고 했기 때문이다.

"한때는 참 물리도록 먹었는데 말이지. 출출해 질 만하면 거래처에서 돌아가면서 피자랑 도넛을 돌렸거든."

"옛날 이야기는 그만하고 어서 메뉴나 골라. 이 사람아."

"근데 뭔 놈의 더하기, 빼기가 이렇게 많아? 어떻게 하는 줄 알아야 주문을 하지."

"모르면 그냥 완제품을 고르라고."

한섭 씨 일행이 어렵사리 키오스크에서 메뉴를 선택하고 한숨 돌릴 때였다. 로봇 종업원이 다가오더니 단말기를 내밀었다.

"이 깡통 자식이…… 아직 음식도 안 나왔는데 무슨 계산?"

파스타를 쏘겠다던 친구가 로봇을 발로 차며 주인 나오라고 항의했다.

"이 식당은 원래 선불인가?"

한섭 씨가 돌아보니 다른 테이블은 그렇지 않은 것 같았다.

"그만 나가자고……."

한섭 씨가 조용히 일어서자 모두 따라 일어났다.

무전취식을 하는 노인이 늘어나자 노인들에게 식대를 선불로 요구하는 식당이 생겨났다.

"이게 무슨 망신이람."

결국 한섭 씨와 친구들은 늘 가는 그 곰탕집으로 몰려갔다. 곰탕집은 노인들로 시끌벅적했다.

"호모 사피엔스 아고라라…… 그럴듯한 명명이군. 우린 광장의 인간들이 아닌가. 자, 한잔 받게."

"아까, 보니까 이동현이보다 낫던데. 아무래도 자네밖에 없을 것 같아."

친구들은 우리 한섭이 아직 안 죽었다며, 이구동성으로 시위의 지도자가 되라고 했다.

"그럼 내가 살아 있지. 죽었냐?"

기분이 좋아진 한섭 씨는 친구가 따라준 소주를 단숨에 입에 털어 넣었다. 수락한다는 의사를 그렇게 표현한 것이다.

'씨바, 그래. 이제 살면 얼마나 더 산다고. 다시 한번 해보는 거야.' 한섭 씨는 친구들과 잔을 세게 부딪치며 이렇게 생각했다.

4대째라는 곰탕집 주인은 한섭 씨 세대의 아들뻘이었다.

"증조부께서 이 자리에 우리 식당을 개업한 지 올해가 꼭 백 년 되는 해입니다. 그동안 여러 어르신의 성원으로 지금까지 버텨왔습니다. 정말 감사드립니다. 이 자리에 함께 계신 김한섭 장관님과 친구분들도 대학생 시절부터 단골이었다고 돌아가신 아버님으로부터 자주 이야기 들었습니다. 그때는 학생 시위나 집회를 마치고 친구들과 들르셔서 곰탕 국물에 소주 한잔 기울이며 정국을 논하셨다고 하더군요. 그렇죠 장관님?"

서비스라며 테이블마다 수육 접시를 돌리며 감사의 말을 전하던 곰탕집 주인이 고개를 돌려 한섭 씨를 쳐다봤다.

한섭 씨는 주인에게 가볍게 목례했다.

"다른 어르신들도 모두 수십 년 단골이시죠. 저도 내일 모레면 일흔이고 수십 년째 장사하고 있습니다만 요즘처럼 살기 어렵고 모질고 거친 세태를 본 적이 없어요. 이게 다 누구 때문입니까? 이동현 정권은 경로연금과 무상의료 폐지도 모자라서 지금보다 훨씬 살기 어려울 때부터 시행한 무료 급식 사업마저 중단한다고 합니다. 그래서 우리 식당에서는 내일부터 이동현 대통령이 공약을 철회하고 우리 앞에 무릎 꿇는 그 날까지 무료로 어르신들께 점심을 모시겠습니다."

곰탕집 주인이 무료로 점심을 제공한다고 하자 테이블에서 일제히 환호성이 터졌다.

"한섭이, 자네도 한마디 하게나."

"김한섭입니다. 아까 주인장께서 말씀하신 것처럼 저와 여기 있는 친구들은 주인장의 조부님 때부터 이 집의 단골이었어요. 배고픈 대학생 시절, 이 집에 오면 주인장의 조부님께서는 꼭 국수사리를 더 말아주시고는 했죠. 내일부터 정부도 못 하겠다는 일을 주인장께서 하신다는데, 이거 참 한때 정부 일을 한 사람으로서 부끄럽고 면목이 없습니다. 주인장께 큰 박수 부탁드립니다. 답례로 여기 계신 여러분들의 오늘 점심은 제가 쏩니다."

김한섭! 김한섭! 김한섭!

노인들이 김한섭을 연호하며 젓가락과 숟가락으로 테이블을 두드렸다.

"장관님, 아까 하신 연설 잘 들었어요. 멋져요. 제가 한

잔 따라드려도 될까요?"

옆 테이블에서 한섭 씨 일행이 주고받는 이야기를 유심히 듣고 있던 노년의 여성이 다가와 수줍게 웃으며 한섭 씨의 잔에 소주를 따랐다.

한섭 씨는 술을 따르는 여성의 손을 보면서 참 곱다고 생각했다.

혼인 정년제

아내와 사별하고 나서 한섭 씨는 홀로 살았다.

사람들은 회혼回婚을 넘겨 아내를 보낸 한섭 씨에게 해로했다며 위로의 말을 건넸다. 한 사람과 육십 년의 세월을 함께 한 것이다.

육십 년을 살기조차 어려웠던 시대에는 조혼에도 불구하고 회혼을 맞는 일이 극히 드물었다. 어느덧 인간의 평균 수명이 백 세를 훌쩍 넘기고 소위 '센추리 클럽'에 가입하는 멤버들이 속출하면서 회혼이 증가할 것으로 전망되었으나, 초혼 연령이 점차 높아지고 혼인 정년제도가 생기면서 그렇지도 않았다.

혼인 정년제란 혼인 생활이 일정 기간 지나면 법원의

허가 없이도 쌍방의 의사에 따라 협의이혼할 수 있는 제도였다. 다양한 조건을 두었지만, 공화국 법률은 원칙적으로 혼인 30년이 지난 경우에 혼인 관계 유지 여부를 부부가 결정할 수 있도록 했다. 한 사람이 평생 단 한 번만 행사할 수 있는 권리였다.

공화국에서 혼인 정년제를 도입한 것은 황혼 이혼의 급증에 따른 조치였다. 이혼이 불가피한 선택이라면, 사회적 비용이라도 줄이자는 취지였다.

인간의 수명이 채 오십도 안되던 시대에 만들어진 전통적인 혼인제도는 인간의 수명이 그 배 이상으로 늘어나고 사회경제적 환경 변화로 제도의 수명을 거의 다했다.

혼인제도가 변화한 가장 현실적인 이유는 경제적 문제였다. 자연 수명은 증가했으나 근로 수명은 오히려 단축되었다. 부부의 경제적 공동관계가 유지되지 않는 시점부터 가정은 찢어지기 쉬운 종잇장이었다.

맞벌이나 기본소득의 지급으로 어느 한쪽이 상대에게 경제적으로 구속되고 의존하는 시대가 아니라는 점도 이혼을 쉽게 결정하게 했다. 공화국의 부부들은 대개 재산을 공유하지 않고 스스로 관리했다. 그래서 공화국의 많은 부부는 돈이 없으면 없어서, 있으면 있어서 이혼을 선택했다.

혈연관계가 아닌 부부간의 연결고리인 자녀를 두지 않는 것도 이혼 증가의 원인이었다. 공화국의 출산율은 오래전부터 전 세계에서 꼴찌였다.

또한 성생활, 나이가 든다고 욕구가 감소하는 것은 아닌데, 배우자가 있더라도 질병 등의 사유로 성생활이 중단되는 경우가 많았다. 장기간의 성생활의 중단 역시 부부 관계가 파탄 나는 원인이었다.

그런데 한섭 씨는 육십 년을 한 여성과 같이 산 것이다. 결혼 육십 주년 되던 해에 사람들은 한섭 씨에게 회갑回甲, 회방回榜, 회혼回婚을 모두 맞았다며 경사 중의 경사라고 축하했다. 회갑이야 기본이지만 회혼이 흔한 건 아니었으며, 과거 급제한 지 예순 돌이 되는 해라는 회방은 굳이 치자면, 고시에 합격한 극소수의 사람만이 도전할 수 있는 것이었다.

그렇다고 한섭 씨의 결혼 생활이 평탄했던 것만은 아니다.

한섭 씨가 아내를 만난 건 공무원 생활을 막 시작한 무렵이었다.

한섭 씨는 괌이나 사이판, 필리핀처럼 멀지 않은 곳에서 주말여행을 즐기고 돌아오기도 했다.

한섭 씨는 괌에서 만난 여성과 결혼에 이르렀다. 사람들은 낭만적인 만남이라고 부러워했다. 같은 나라 사람을 다른 나라에 놀러 가서 만나다니, 생각해 볼수록 인연은 인연이었다.

"이곳에서 원주민 처녀와 청년이 서로의 머리를 묶고 뛰어내렸대요."

"어머, 왜요?"

"처녀의 집안에서 그녀를 스페인 장교에게 시집 보내려 했기 때문이죠."

한섭 씨가 마치 가이드처럼 괌의 명승지인 사랑의 절벽에 얽힌 사연을 여성에게 들려주었다.

"아…… 죽어서도 서로 떨어지지 않으려, 슬프고도 아름다운 사랑의 이야기로군요."

한섭 씨 부부는 나중에 아이들과 워터 파크가 있는 대형 리조트에서 휴가를 보내기 위해 다시 괌을 찾은 적이 있었다.

"코딱지만 한 섬에서 어디 도망칠 곳이나 있었겠어."

아이들의 손을 잡고 수평선이 둥근 바다를 바라보던 아내가 독백하듯 말했다.

유치원 교사이던 아내는 처음엔 한섭 씨를 그저 평범한 공무원으로 알았다. 물론 아내를 만났을 때 한섭 씨가 대단한 지위에 있었던 건 아니지만 자신을 공무원이라고만 소개했기 때문이다.

"공무원이라고 하더니 중앙부처에 계셨어요? 그럼 장관도 보고 그래요?"

교제를 시작하고 나서 한섭 씨의 직장에 전화를 걸어본 아내가 물었다.

"장관님은 자주 봬요. 보고 거리가 아주 많으니까."

"한섭 씨, 알고 보니 아주 센 사람이구나."

아내는 자신은 어쩌다 뉴스에서나 볼 수 있는 장관을 자주 본다는 한섭 씨의 말에 이렇게 반응했다.

아주 센 사람이 아주 돈 많은 사람은 아니지만, 아내는 결혼하고 나서도 수시로 해외여행을 즐겼다.

"거길 왜 또 가?"

"다녀와서 업데이트해야 해."

도로가 손금처럼 훤한 괌에서도 길을 몰라 쩔쩔매던 아내는 나중엔 인터넷 카페에서 여행전문가 소리를 들을 정도가 되었다. 저렴하게 비행기 예약하는 방법부터 여행 목적지에 도착해서 호텔까지 이동하는 수단, 주요 관광지의 버스 노선, 입장 요금, 여행 경비 등을 끊임없이 온라인에 올렸다. 시간이 지나 자유여행이 보편화 된 건, 자유여행 1세대인 한섭 씨 아내 같은 개척자의 영향이 컸다.

한섭 씨의 유학과 파견 근무 시절 함께 외유한 아내는 '어디 사는 주부의 일기' 같은 글을 카페에 연재해서 인기를 얻기도 했다.

해외 근무를 마친 한섭 씨는 아내와 아이들을 현지에 둔 채 기러기가 되어 귀국했다. 아내가 돌아온 건 아이들이 현지에서 대학에 들어간 다음이었다. 그러나 아이들이 대학에 다니는 동안에도 아내는 자주 나가서 아이들을 만나고 왔다.

아내가 없는 동안 한섭 씨는 주말이면 사우나에서 보내거나 혼자 여행하기도 했다. 술도 많이 늘었다. 어느덧 그렇게 사는 게 익숙하고 편안했다. 오히려 둘이 사는 것이 불편하고 혼자 사는 것은 외롭지 않았다.

신혼 때부터 중장년 시절까지 한섭 씨와 아내는 자주 부딪쳤다. 빨래, 설거지, 청소 같은 사소한 일로 언성을 높이고 아이를 일반 유치원에 보낼 건지, 영어 유치원에 보낼 건지 같은 육아와 교육 문제로 다투고 명절에 양가 어디에서 며칠을 있을 것인지를 두고 충돌했다. 두 사람은 취미와 관심 분야도 달랐다. 한섭 씨는 공무원 아내가 무슨 해외여행을 친정 나들이 가듯 하는지 이해할 수 없었고 아내는 한섭 씨가 수집한 수천 장의 CD를 보면서 한숨을 내쉬었다. 게다가 지지하는 정당도 달라 선거 때마다 의견이 대립했다. 공무원인 한섭 씨가 야당을 지지하면 아내는 영혼 없는 공무원이라고 했으며, 여당을 지지하면 공무원이 바뀌지 않으니 나라가 이 꼴이라고 했다.

시사건건 부딪치던 두 사람은 노년에 이르러 소와 닭처럼 조용히 지냈다. 있어도 그만이었고 없어도 그만이었다. 그것은 관심과 기대의 소멸을 의미했다. 싸울 일도 없었고 웃을 일도 없었다.

여성의 이름은 권선희였다. 곰탕집에서 만난 한섭 씨와 선희 씨는 자주 연락을 주고받으며 데이트하듯 함께 시위에 참가했다. 선희 씨는 간식거리를 싸 와서 한섭 씨와 친구들에게 나눠주고 연설을 많이 하는 한섭 씨의 목을 보호하기 위해 모과차나 대추차 등을 끓여 보온병에 담아오기도 했다.

"이거 번번이 고맙습니다."

선희 씨가 끓여 온 차를 후후 불며 마시던 한섭 씨의 친구가 선희 씨에게 감사를 표했다.

"아니에요. 선생님들의 수고에 비하면……."

이런 선희 씨를 보고 친구들은 한섭 씨에게 잘해 보라며 응원했다.

"이봐, 한섭이. 자네랑 잘 어울리는 것 같네. 우리 나이에 뭘 더 바라겠나. 그저 서로 위로하고 기댈 수 있으면 되는 거지. 잘 해봐, 이 사람아."

선희 씨는 혼인 정년제가 시행되자 오랫동안 정 없이 살던 남편과 미련 없이 갈라섰다. 둘 다 교사여서 재산 분할 문제 등에 있어 큰 어려움이 없었다. 장성한 자녀들도 부모의 이혼을 반대하지 않았다. 두 사람은 불만 없이 깨끗하게 헤어졌기 때문에 완전히 남남처럼 지내는 건 아니고 가끔은 서로 안부도 물으며 지낸다고 했다. 전남편은 혼인 신고는 하지 않고 새살림을 차려 전원생활을 즐기며 여유롭게 산다고 했다.

재혼하는 사람들도 있었지만, 늘그막에 이혼한 사람들의 대개는 배우자가 아닌 동반자 관계를 원했다. 그렇게 살다가 헤어지고 형편이 되면 또 다른 사람을 만나고. 한 세기를 넘게 사는 사람들에게 한 세기도 전에 만들어진 인간의 제도는 몸에 맞지 않는 낡은 옷 같은 것이었다.

"배고파서 못 살겠네, 국민연금 지급하라!"

"아파서 못 살겠다, 무상의료 재개하라!"

한섭 씨는 남편이 아닌 남자를 원하는 선희 씨의 남자가 되었다. 둘이 손을 잡고 거리를 행진하면서 그는 참으로 오랜만에 야릇한 감정을 느꼈다. 골목길에서 함께 도망치고 옥상으로 올라가 농성하던 지연의 생각이 나기도 했다.

선희 씨는 한섭 씨가 장관으로 재직하던 시절부터 그를 알았다고 했다.

"야당 의원들의 질문을 받으면서 여유 있고 당당하게 대처하시는 모습이 퍽 인상적이었어요. 그래서 정치 활동하실 때, 팬클럽에도 가입했죠. 대선에도 출마하시지 않을까 내심 기대했는데……"

한섭 씨의 품에서 선희 씨가 손가락으로 그의 가슴을 지그시 눌렀다.

"대선?"

대선 출마를 기대했다는 선희 씨의 말에 한섭 씨가 씩 웃었다.

"장관님, 인기 많았어요. 특히 여성들에게. 모르셨나요? 그런데…… 학생 운동할 때는 고문도 받았다면서요?"

"그 이야긴 하지 맙시다."

"왜 남들은……"

한섭 씨가 선희 씨의 입을 맞추고는 손을 그녀의 허리 아래로 가져가 엉덩이부터 가슴까지 부드럽게 쓸어올렸다.

"아……"

선희 씨가 옅은 신음을 뱉으며 가늘게 떨었다.

그날 선희 씨는 참으로 오랜만에 가슴 속에서 파도가 치는 감정을 느꼈다. 끊임없이 들어온 밀물은 그녀의 온몸을 충분히 적시고 만조에 이르렀다.

이윽고 썰물이 빠지자 갯벌이 적나라하게 드러났다.

선희 씨는 시트를 끌어당겼다.

“장관님이 좋아하시는 그 노래, 「아이 저스트 다이드 인 유어 암스」를 들려 주세요.”

모로 누워 안긴 선희 씨가 한섭 씨의 얼굴을 만지작거리며 리퀘스트 했다.

고통 없이 도와 드립니다

사회자 : 이 세상에서 가장 힘이 센 것은 아마도 시간일 겁니다. 아무리 밀어내려 해도 밀어낼 수 없는 초자연적 현상이기 때문이죠. 피할 수 없다면 그것을 수용하는 자세가 필요하다고 할 것입니다.

내레이터 : 새벽 네 시, 김 노인은 몇 시간 눈을 붙이지 않았음에도 자리에서 일어나 곧장 창가로 간다. 새벽의 도시는 꿈을 꾸는 듯 흐릿하다. 김 노인은 창문을 열어 둔 채 거실로 걸어간다. 바람이 불어와 어둡고 휑한 방을 휘감자 창가의 커튼이 펄럭인다. 텅 빈 거실에서 김 노인은 마지막 남은 커피를 내린다. 새벽을 깨우는 바샤의 진하

고 풍부한 향이 전해진다.

유 노인 : 향을 코로 맡지 말고 가슴으로 느껴봐요.

내레이터 : 아마추어 시인인 유 노인이 김 노인을 따라 거실로 나와 커피는 마시는 것이 아니라 향을 음미하는 것이라고 말한다.

김 노인 : 커피가 무슨 신가요?

유 노인 : 시인 이상은 레몬 향기를 맡으며 죽었다고 하잖아. 세상을 레몬 향기로 기억하겠다는 거였지. 커피의 향이 몇 줄 시보다 낫지. 제아무리 뛰어난 시인이라도 바샤 커피의 향을 말로 표현할 수 있겠소. 보는 거, 듣는 거는 전송이 가능하잖소. 그런데 아무리 기술이 발달해도 냄새는 전달 불가능해. 그게 왜 그렇겠소?

김 노인 : 글쎄, 왜 그럴까?"

유 노인 : 냄새가 훨씬 많은 정보를 가지고 있기 때문이 아닐까? 그러니 말로 표현하기가 더 어려운 거지.

내레이터 : 유 노인의 커피 예찬을 들으며 김 노인이 얼굴 가득 미소 짓는다.

유 노인연출자에게 : 세상을 냄새로 표현할 수 있다면 커피는 아마도 천국의 냄새에 해당할 거예요. 커피가 에티오피아에서 아라비아를 거쳐 유럽으로 전파되었을 때, 처음 유럽인들은 이교도들이 마시는 사탄의 음료라며 꺼렸다고 그래요. 그런데 커피의 풍미에 반한 교황이 커피가 사탄의 음료일 수 없다고 했대. 이후로 커피가 전 유럽으로 확산되기 시작했어요.

내레이터 : 김 노인과 유 노인은 뉴욕행 비행기에 오르기 위해 이른 아침 공항에 나왔다. 약속 장소에는 인솔자가 미리 나와서 기다리고 있다.

인솔자 : 모두 열두 분이 함께 떠나실 겁니다. 저는 여러분

을 목적지 뉴욕까지 모실 김민경 과장입니다.

내레이터 : 처음 보는 얼굴들이지만 왠지 서먹서먹하지 않다. 싱글은 없고 모두 커플이다. 중장년에서 노년까지 참가자들의 나이 차이가 제법 있어 보인다.

유 노인 : 비행기 안에서 누구였더라? 20세기에 어느 저명한 작가가 자신의 소설 첫머리에서 이렇게 말했잖아. '죽으려고 뉴욕에 가는 사람은 나밖에 없을 것이다.'[12]

내레이터 : 유 노인이 고개를 돌리더니 옆 좌석의 김 노인을 바라보며 지그시 손을 잡는다. 6개월 전, 김 노인은 임종학 교실을 찾았다가 유 노인을 만났다.

임종학 강사 : 임종학 교실에서 태어나고 싶어서 태어난 것이 아니듯 죽기 싫다고 해서 죽음을 피할 수는 없습니다. 삶과

12 이병주는 뉴욕을 소재로 한 그의 소설 '허드슨강이 말하는 강변 이야기'(초간년도 1982)를 이렇게 시작한다. '결국 나는 뉴욕에서 죽을 것이다. 죽기 위해 뉴욕에 오는 사람이 나 말고도 달리 있을까?'

죽음을 밤과 낮처럼 그저 자연의 순환 과정으로 받아들이는 사고의 전환이 필요합니다.

내레이터 : 김 노인보다 나이가 스무 살은 적어 보이는 임종학 강사는 죽음에 대한 인식을 바꿔야 한다고 말한다.

임종학 강사 : 임종학 교실에서 죽음을 자연의 순환 과정이라 생각한다면, 죽음 자체를 두려워할 필요가 없고 편안하게 받아들이는 자세가 필요합니다. 중요한 것은 언제 죽느냐는 것이 아니라 어떻게 죽느냐는 것입니다.

내레이터 : 6주간의 임종학 수업은 실제로 관에 들어가서 누워보는 임사체험을 끝으로 마무리되었다. 진짜 관보다 큰 모의 관 속에서 잠시 눈을 감고 있는 동안 수강생들은 무슨 생각을 했을까. 관에서 나온 유 노인의 눈에 눈물이 맺혀 있다.

연출자 : 잠시만요. 선생님. 죽음을 체험하시니까 어떻든가요?

유 노인 : 죽음? 내가 경험한 것은 죽음이 아니오.

연출자 : 죽음을 체험하신 거 아니셨어요?

유 노인 : 손으로 눈물을 닦으며 죽음은 여전히 난 모르겠고……
관 속에 누워 살아온 인생을 돌아봤어요.

연출자 : 살아오신 인생이요?

유 노인 : 그래요. 조부모님, 부모님들도 생각나고. 또 먼저 간 아내, 더 잘할 걸. 그땐 왜 그랬는지. 돌이켜 보면 남는 건 후회뿐이야.

연출자 : 선생님은 아쉬운 건 없으셨어요?

김 노인 : 그러니까 그게 아쉽죠. 더 잘해 줄 수 있었는데, 해주려고 해도 더는 해줄 수가 없으니까. 학교 다닐 때 공부 안 한 거? 그런 건 암 것도 아니라고. 그래서 뭐? 누구한테 피해줬나? 누구한테든 PD님도 살아 있을 때 잘해 주

라고. 나중에 후회한다니까.

사회자 : 관 속에서 체험자들은 무엇을 느꼈을까요? 해주고 싶어도 더는 해줄 수가 없다…… 살아 있는 사람이 망자를 생각할 때 느끼는 감정인 줄 알았는데, 임사체험을 마친 두 노인은 망자도 눈을 감기 전에 남은 사람들에 대해 그런 생각을 가지게 된다고 합니다. 그들은 임사체험을 통해 죽음을 경험한 것이 아니라 자신들의 삶을 돌이켜 봤다고 말합니다. 그러면서 남은 인생을 어떻게 살 것인지를 고민했다고 합니다. 아이러니한 일이 아닐 수 없습니다.

내레이터 : 사실 김 노인은 유방암, 유 노인은 폐암 환자다. 분명 삶이 얼마 남지 않았지만, 그렇다고 두 사람 다 전혀 손 쓸 수 없는 상태는 아니다. 십여 년 전 남편과 사별한 김 노인은 자식들로부터 긴 병구완을 받고 싶지 않았다. 남편을 고통 속에 보낸 김 노인은 연명치료를 거부한다는 의향서도 작성해 놓았다. 유 노인은 몇 년 전에 아내를 교통사고로 잃었다.

김 노인 : 마지막엔 산소호흡기까지 꽂고…… 우리 영감 괜히 고생만 더 시키고 보냈잖아……. 그땐 몰랐지…… 그렇게 괴로운지……

유 노인 : 오래 살았다고 봐요. 여러 가지로 젊은 세대에게 폐 끼치는 것 같고. 선택의 문제 아니겠어요. 남은 세월 어렵게 사느니…… 해보고 싶은 것도 맘껏 해보고……

내레이터 : 임종학 수업을 마치고 두 사람은 살림을 합쳤다. 유 노인이 먼저 제안했고 김 노인도 쉽게 받아들였다.

김 노인 : 하루는 이 양반이 전단지를 가지고 와서 보여주는 거예요. 미국에 가봤냐고. 처음엔 무슨 여행 광고인 줄 알았어요.

코디네이터 : 안녕하세요?

유 노인 : 예, 안녕하시오.

내레이터 : 김 노인과 유 노인은 전단지에 적힌 번호로 연락해서 담당자와 약속을 잡았다. 철저한 예약제다. 겉보기에는 평범한 여행사처럼 보인다. 일반 여행사와 다른 점은 함께 여행을 떠날 파트너도 구해준다는 점.

코디네이터 : 우리는 상품이라고 말합니다.

김 노인 : 상품이라구요?

코디네이터 : 네. 여행상품 같은 거죠.

김 노인 : …….

코디네이터 : 파트너와 함께 하시는 상품도 있구요. 단체상품, 단독상품 그리고 여러 가지 방법이 있어요.

유 노인 : 성공 확률은?

코디네이터 : 걱정하지 않으셔도 됩니다. 실패 사례가 없거

든요. 백 프로예요. 과학이니까.

김 노인 : 상품이 소개된 태블릿 화면을 손으로 넘기며 가격은 얼만가요?

코디네이터 : 상품마다 그리고 옵션이나 기간, 지역에 따라 다르죠. 국내상품도 있고 해외 상품도 있어요. 해외는 동남아, 중국, 유럽, 미주 등이 라인업이고 수백만 원대 기본형부터 억대까지 아주 다양한 상품이 마련되어 있으니 천천히 생각해 보세요.

내레이터 : 김 노인과 유 노인이 고른 상품은 뉴욕에서 LA까지 한 달 동안 관광 명소를 둘러보며 미국 대륙을 횡단하는 코스. 미국에 가본 적이 없다는 김 노인을 위해 유 노인이 선택한 호텔부터 교통수단까지 풀 패키지다.

유 노인 : 사실 내 꿈은 은퇴하고 대서양에서 태평양까지 미국 대륙을 자전거로 여행하는 것이었어요.

연출자 : 자전거로? 그런데 못 하셨어요?

유 노인 : 고등학교 때까지 사이클 선수도 했으니까. 그런데 그게, 잘 안되더라고. 자꾸만 돈 들어갈 일이 생기고. 지금 생각해 보면 큰돈 드는 것도 아닌데⋯⋯ 그래서 죽기 전에 이렇게라도 해봐야지 싶어서. 마침 이 사람은 여태 미국 한 번도 못 가봤대. 그래도 미국 땅 한 번은 밟아봐야 되지 않겠소.

내레이터 : 뉴욕을 출발해서 지난 4주 가까이 대륙을 횡단하고 이제 김 노인과 유 노인은 LA 입성을 앞두고 있다.

연출자 : 할머니, 이번 여행에서 어디가 가장 인상적이셨어요?

김 노인 : 난 모뉴먼트 밸리. 「백 투 더 퓨처3Back To The Future3」에도 나오는 장소잖아요. 남자 친구랑 첫 데이트 때 본 영화예요. 뭐라 말할 수도 없어. 그저 장관이야. 신의 예술이더라고. 정말 가보길 잘한 거 같아요. 안 보고

죽었으면 어쩔 뻔……

연출자 : 남자 친구 생각도 나셨겠어요.

김 노인 : 수줍은 듯 웃으며 그렇지, 걔 생각이 많이 나긴 했지……

유 노인 : 지구가 아닌 어떤 다른 것을 발견한 느낌이랄까?

연출자 : 다른 어떤 것이요?

유 노인 : 그러니까 어쓰earth가 아닌 플래닛planet? 인간이 우주의 일원이라는 생각이 들더라고.

김 노인 : 그렇군, 멋지네. 플래닛…… 역시 시인은 다르다니까.

유 노인 : 서부 개척 시대에 말과 마차가 달리던 오리건 트레일을 따라 왔어요. 초창기 서부 개척은 요즘으로 치면

달 탐사보다 훨씬 위험한 거예요. 그땐 미시시피강 너머에 뭐가 있는지 아무도 몰랐으니까. 여긴 그런 정신이 아직 살아 있으니 지금 달에 우주 탐사 기지도 건설하고 주택도 짓고…… 월면을 개척하는 거지. 젊다면 말이야. 난 달에 가서 노무자라도 하고 싶어요.

내레이터 : 다음 날 오전, LA 시내 관광을 마친 두 노인이 남은 일정을 모두 포기하고 호텔로 돌아가겠다고 한다. 심경에 무슨 변화가 생긴 것일까?

유 노인 : 손을 내저으며 글쎄, 쫓아오지 말아요. 따라오지 말라니까.

내레이터 : 유 노인이 김 노인의 손을 잡고 호텔 방으로 들어가 버린다.

코디네이터 : 종종 있는 일입니다. 의뢰인께서 심경의 변화가 발생한 거죠.

내레이터 : 이튿날, 김 노인과 유 노인이 로비에 나타났다. 곧장 어디론가 떠나는 두 사람. 두 사람이 도착한 곳에 노 페인 No Pain 이라는 간판이 붙어 있다.

미스터 모리스 : 망자에게도 여러 가지 표정이 있어요. 고통으로 일그러진 모습, 아쉬움이 가득한 모습, 편안한 모습 등. 여러분은 최후에 어떤 모습으로 남고 싶습니까?

(다국적) 참가자들 : 편안한 모습……

미스터 모리스 : 그러면 절 따라서 다음 스테이션으로 가야 합니다.

내레이터 : 노 페인의 매니저 미스터 모리스가 참가자들을 어디론가 데리고 간다. 참가자들이 도착한 곳은 용서의 방. 실내는 영화관처럼 어둡다. 미스터 모리스가 참가자들을 리클라이너에 앉게 한다.

미스터 모리스 : 상대가 손을 뻗치기 전에 먼저 손을 내밀

어야 합니다. 이제 눈을 감고 인생에서 괴로웠던 순간들을 생각해 보세요. 그리고 나를 괴롭혔던 사람들을 만나 보세요……. 그들이 여러분 앞에 나타났습니까? 그러면 그들에게 말하세요. 나는 너를 용서한다.

미스터 모리스 연출자에게 : 이곳은 화해하고 사랑하는 방입니다. 용서한 다음에야 비로소 용서를 구할 수 있어요.

내레이터 : 참가자들은 용서의 방에서 긴 시간을 보냈다. 한참의 시간이 경과하고 한 참가자가 괴로운 표정으로 뛰어나왔다. 용서가 힘든 순간도 있었을 것이다. 하지만 용서를 마치고 나온 대다수 참가자의 표정은 확실히 전보다 밝아 보였다.

미스터 모리스 : 아직 용서하지 못하신 분? 모두 용서하셨습니까? 용서하지 못하신 분은 다음 스테이션으로 갈 수 없어요. 여러분이 말씀 안 해도 나중에 표정에 다 묻어나요.

미스터 모리스 연출자에게 : 인생은 프리 라이프와 포스트 라이프 사이에 낀 아주 짧은 순간입니다. 인생이 의미가 없다는 말이 아닙니다. 분노를 가지고 가겠습니까. 아니면 아름다운 마음으로 포스트 라이프에 가겠습니까.

연출자 : 할머니 어떠셨어요?

김 노인 : 다 두고 왔지. 다 버리고 왔어. 그거 가지고 가서 뭣 하게. 마음을 비운 거야. 정화되는 기분이랄까. 이제 나는 많이 편해졌어요.

연출자 : 할아버지는요?

유 노인 : 군에 있을 때 나를 그렇게 못살게 굴던 고참이 있었다고. 이유도 없어요. 그냥 사람을 때리고 기합 주는 거야. 군기가 빠졌다나. 내가 포항에서 근무했어요. 귀신 잡는 해병이었거든. 동짓달인가 정월인가. 하루는 새벽 한 시에 집합을 거는 거야.

내레이터 : 재연극이 상영된다 그날 유 노인이 가장 늦게 연병장으로 나갔다. 군화도 제대로 신지 못한 그는 얼음처럼 찬 바닥에 맨발로 서서 손에 손에 군화를 들고 서 있었다. 그때 그 고참이 유 노인 앞으로 왔다.

고참 : 넌 뭐야?

유 노인 : "……."

고참 : 어쭈, 대답 안 해? 뭐냐고 이 새끼야……

내레이터 : 말이 끝남과 동시에 고참은 총구로 유 노인의 꽁꽁 언 맨발을 내리 찍었다. 유 노인은 그날 그 발로 연병장을 열 바퀴나 돌았다. 열 바퀴째 고참은 그를 열외시켰다.

유 노인 : 내가 자꾸 절뚝거리니까, '유 일병, 이리 나와'하는 거예요. 마치 용서하듯이. 허허허허…… 그 사람 제대하고는 한 번도 만난 적이 없어. 만나서 물어보고 싶더라

고. '당신, 그땐 왜 그랬소?'하고 말이야. 아직 살아 있는지 죽었는지, 잘 살았는지 못 살았는지…… 아무것도 모르지. 평생 잊질 못했는데, 오늘 다 용서했어요. 본인도 많이 힘들었겠지. 군에 오기 전에 사회에서 아픔도 겪었을 테고.

내레이터 : 미스터 모리스가 말한 다음 스테이션이란 용서를 구하는 방이다. 먼저 타인을 용서하고 나서 자신의 잘못에 대해 용서를 구하는 것이다. 어두운 것은 용서의 방과 마찬가지지만 용서를 구하는 방에는 리클라이너 대신 딱딱한 나무 의자가 놓여 있을 뿐이다.

미스터 모리스연출자에게 : 참가자들은 용서를 구하는 방에서 용서하는 방에 비해 몇 배의 고통을 겪게 됩니다. 날 용서해줄 상대가 없잖아요. 그래서 결국은 내가 날 용서해야 하기 때문에 시간도 훨씬 오래 걸리죠. 나는 과연 용서받을 자격이 있는가라는 의문이 떠나지 않고, 사는 동안 남이 나에게 해코지한 것만 기억하는데, 이 방에서 비로소 내가 남에게 잘못한 것에 대해 용서를 빌게 됩니다.

내레이터 : 몇 시간이 흘렀지만, 아직 방을 나오는 사람은 한 사람도 없다.

사회자 : 어떤 참가자들은 용서를 구하는 방에서 며칠을 보내기도 한다는데요, 참가자들이 용서를 구하는 대상은 가족, 친구, 지인은 물론 다른 생명체에 이르기까지 수없이 많다고 합니다. 용서를 구하는 방을 나온 어떤 참가자는 이렇게 말하더군요. '이제 알 것 같습니다. 왜 참가자들에게 먼저 용서하라고 했는지. 먼저 용서를 구하고 용서하는 행위는 너무나도 염치없는 짓'이라고.

내레이터 : 이제 김 노인과 유 노인은 마지막 스테이션을 남겨 두고 있다. 미스터 모리스가 참가자들에게 안내할 곳을 미리 가봤다. 회사 내부가 아니라 시내에서 몇 시간을 가야 하는 곳이다. 이곳에 가려면 휴대폰 등 GPS가 설치된 장비를 노 페인 측에 맡겨야 한다. 차창 밖도 볼 수가 없기 때문에 어디인지 알 수가 없다. 한참을 자고 나서야 드디어 도착했다. 차량이 바로 건물 내부로 진입한듯하다. 마치 호텔의 로비처럼 갖가지 조각상과 멋진 조형

물들이 설치되어 있고 벽에는 그림이 걸려 있다.

연출자 : 와우, 칠성급 호텔 분위기인데요. 아니 그냥 호텔 같아요. 사람들도 많구요. 실제로 참가자들은 이곳에서 짧으면 며칠, 길게는 몇 달, 심지어는 몇 년을 체류하기도 한다고 합니다. 참가자들에게는 매끼 최고의 셰프가 제공하는 식사가 제공되고요, 울창한 숲으로 둘러싸인 산책로와 노천 사우나 시설, 마사지실, 개인 영화관과 음악 감상실, 도서실, 종교시설 그리고 양복점과 양장점도 갖추고 있다고 합니다. 이곳에 양복점과 양장점이 있는 이유가 무엇인지 이곳 지배인에게 물어보도록 하겠습니다.

지배인 : 간단합니다. 마지막 모습이 그 사람의 전부입니다. 사람들은 가장 화려한 모습으로 자신을 꾸미고 싶어 하죠. 마지막이 화려하다면 그 사람의 인생은 화려하게 막을 내리는 것이고 반대로 꾀죄죄한 모습이라면 그 사람의 인생은 결국 꾀죄죄한 거 아니겠어요.

연출자 : 이곳은 최고층에 있는 임종의 방입니다. 내부 장

식이 호텔의 프레지덴셜 스위트처럼 매우 화려하고 가구도 최고급 제품을 썼다고 하는데요, 특히 하늘이 훤히 보이는 개폐식 투명 천장이 인상적이군요. 지상의 마지막 모습이라 인테리어에 특히 신경을 써서 꾸몄다고 합니다. 이것은 마지막 순간에 사용하는 침대입니다. 병원용 침대가 아니라 그냥 고급 침대입니다. 여기에 누워있으면 의료진이 팔에 정맥주사 장치를 삽입한다고 합니다.

미스터 모리스 : 마지막 선택은 본인이 하는 것입니다. 왼쪽 파란 버튼을 누르면 수면유도제가 자동 투여되고 이어서 근육이완제가 주입됩니다. 그러면 심장과 모든 장기의 기능이 서서히 멈추게 되죠. 평소 즐겨듣거나 좋아하는 음악을 신청하면 그 음악을 들으면서 마치 잠들듯 꿈꾸듯 편안하게 여행을 떠나는 겁니다. 외롭지 않게 마지막까지 스태프와 성직자가 자리를 지켜드립니다. 사람들에게 둘러싸여서 태어날 때와 마찬가지로 축복받으며 떠나게 됩니다. 근육이완제가 모두 투여된 후에도 바이탈 사인이 잡히면 마스크를 통해 질소 가스가 주입됩니다. 이 모든 과정이 본인의 선택에 의해 자동으로 진행됩니다. 만약

미련이 남는다면 오른쪽의 빨간색 버튼을 누르면 됩니다. 그러면 집으로 돌아가는 거예요.

내레이터 : 설명을 마친 미스터 모리스가 임종의 순간을 지키지 않겠느냐고 제안한다.

연출자 : 임종의 순간을요?

미스터 모리스 : 그렇습니다. 함께 축복하러 갑시다. 아기가 태어날 때처럼.

내레이터 : 임종을 축복하기 위해 미스터 모리스를 따라갔다. 초록색 위생복을 입은 간호사들이 정맥주사 장치를 삽입하고 마스크를 씌우고 있다. 옆에서는 의사가 그 과정을 지켜본다. 임종을 맞는 사람들은 노부부다. 둘은 가족들에게 둘러싸여 한 침대에 누워 있다. 남편은 정장, 아내는 웨딩드레스 차림이다.

미스터 모리스 : 저 부부는 일생에서 가장 행복했던 순간으

로 돌아가서 포스트 라이프로 떠나게 됩니다.

내레이터 : 목사가 기도를 마치자 한참 동안 입맞춤을 나눈 두 사람이 이윽고 동시에 왼쪽 파란색 버튼을 누른다. 바그너의 「혼례의 합창」이 잔잔히 흐르는 가운데 수면유도제가 서서히 투여되기 시작한다. 다른 방에서는 카우보이 복장의 노년 남성이 아주 편안한 모습으로 임종을 맞고 있다. 미국 밴드 캔사스의 「더스트 인 더 윈드Dust In The Wind」[13]가 흐르고 있다.

연출자 : 묵념을 올린다

사회자 : 어르신들이 하는 말로 잠자는 듯이 가고 싶다는 말이 있습니다. 깨끗하게 인생을 정리하고 이곳에서 여한 없이 화려한 휴가를 보낸 사람들은 보통 왼쪽 버튼을 선택한다고 합니다. 먼저 수면유도제가 아주 천천히 투입

13 미국의 록밴드 캔사스가 1977년에 발표한 곡으로 어쿠스틱 반주와 'Nothing lasts forever but the earth and sky' 등 심오한 가사로 유명하다.

되기 때문에 정신이 남아 있을 때 언제든지 오른쪽 버튼을 눌러도 되지만 그런 경우는 거의 없다고 합니다. 우리는 김 노인과 유 노인을 6개월 동안 동행 취재했습니다. 어쩌면 그들은 바샤 커피의 향을 원할지도 모르겠습니다. 자, 김 노인과 유 노인은 과연 어떤 버튼을 선택할까요?

'고통 없이 도와 드립니다'라는 제목의 다큐 프로는 여기까지였다. 어느 안락사 기획업체가 홍보용으로 만든 다큐는 빠른 속도로 공화국에 퍼졌다.

다시 광장으로

한섭 씨와 친구들은 날마다 광장으로 몰려나갔다. 광장에는 우정과 추억이 있었다. 노인들은 광장에서 마치 과거로 돌아간 느낌을 받았다. 노인들은 집에서 가져온 김밥이나 빵이나 음료를 꺼내 나눠 먹으면서 회상에 잠기기도 했다. 광장에서 어둠의 세월을 헤치고 광장에서 새 시대의 밝은 빛을 본 노인들이었다.

"어떻게 칠십 년 전에 하던 짓을 이 나이 먹어서 또 하느냐 말이야."

"다, 우리가 너무 오래 산 죄지."

"그래도 그땐 희망이라도 있었지."

"칠십 년 세월이면 세상 또 한번 뒤바꿀 때도 됐지."

"아, 그때는 우리가 살아야 할 세상이니까 광장으로 나왔지. 그런데 앞으로 살면 얼마나 더 산다고 바꿔. 요즘 젊은것들 하는 짓 보니 배알이 뒤틀려 그렇지. 안 그런가?"

노인들이 저마다 넋두리를 늘어놓으며 간식거리를 나눠 먹었다.

"염치도 없는 늙다리들이 소풍이라도 나온 줄 아나? 하여튼 저것들은 역사적으로 봐도 뛰쳐나오는 걸 아주 좋아한단 말이야."

웃고 떠드는 노인들의 모습을 보고 경찰들이 수군댔다.

"자기들을 스스로 호모 사피엔스 아고라라고 부른대요."

"그게 뭐야?"

"광장의 인간이요."

"좋아, 광장을 저것들 무덤으로 만들어 주자고."

"여기서 즉석 미팅도 하고 연애도 하고 그런다는데."

"연애? 연애가 아니라 성매매겠지."

노인들을 막아선 경찰들이 키득거렸다.

그때, 손에 무엇인가를 든 한 여성 노인이 경찰들에게

다가갔다.

"뭐지?"

갑자기 주변이 조용해졌다.

노인은 검은 봉지를 맨 앞줄의 경찰에게 건네더니 자리로 돌아갔다. 얼떨결에 노인으로부터 정체 모를 물건을 받은 경찰이 폭탄 돌리듯 옆의 동료에게 조심스레 그것을 넘기고는 떨어져 섰다.

"조심해!"

누군가 소리쳤다. 하지만 봉지를 넘겨받은 경찰은 조심성 없이 입구를 벌려 내용물을 확인했다.

주변의 경찰들이 뒤로 물러섰다.

"최소한 퇴직 인원만큼은 채용해야 하는데, 기업들이 그렇게 하고 있지 않아요. 그런데도 이 정부는 청년 일자리가 부족한 원인이 고령자 때문이라는 억지 주장을 펴고 있어요. 여러분! 지금 청년 일자리가 부족한 것은 고령자 때문이 아니라 고용을 기피하는 기업과 이를 방기하는 정부의 책임입니다. 정부는 일자리 문제가 세대 간이나 노사 간의 사회적 합의가 필요한 문제라고 하지만 이게 가만두면 어디 절로 합의가 될 사안입니까? 이럴 때 적극적으로 정부가 나서야지요……"

평생 재야에서 시민운동을 한 한섭 씨의 친구가 일자리 문제에 대해 열변을 토하고 단상을 내려갔다.

수상한 봉지 속에 든 건 꼬마김밥과 찹쌀 도넛이었다.

긴장하던 경찰들은 이내 노인이 나눠준 김밥과 도넛을 나눠 먹었다.

이어 사회자로부터 소개받은 한섭 씨가 연단에 올랐다.

"오늘도 이렇게 광장에 모이신 여러분, 반갑습니다. 광장에서 자란 이 김한섭, 광장에서 죽을 각오로 이 자리에 섰습니다."

두둥둥둥둥, 북소리가 울리자 시위대가 우레와 같은 박수와 함께 환호성을 질렀다. 한섭 씨는 시위대의 스타가 되어있었다.

"오늘날 식량이나 주택 문제가 생산이나 공급의 문제가 아니라 분배의 문제라는 거, 여러분 다 아시죠?"

"네."

"기본소득이나 연금도 마찬가지예요. 재원이 부족한 게 아니라 그것이 필요한 사람들에게 돌아가지 않는 게 문제예요. 이동현 정부는 재원을 핑계 대고 있습니다만 실은 재원이 엉뚱한 곳으로 새고 있어요. 그래서 이 김한섭이가 말하는 바는 언 발에 오줌 누기 식으로 찔끔찔끔 재원을 사용할 것이 아니라 필요한 사람들에게 직접 공급하자는 것입니다. 즉 내가 낸 세금이 나에게로 돌아오도록 하자는 말입니다. 재원이 부족한 것은 노인들이 너무 많은 혜택을 받아서가 아니라 정부에서 효율적으로 재원을 집행하지 못하기 때문입니다."

"옳소!"

잠시 좌우로 고개를 돌려 시위대를 바라본 한섭 씨가 말을 이어갔다.

"대놓고 노인 박해를 공약으로 해서 집권한 이동현 정권은 최근 들어 탄압의 강도를 점점 높이고 있습니다. 연금을 깎거나 지급하지 않고 무상의료도 중단했죠. 아프면 그냥 죽으라는 말과 같습니다. 그 결과 어떻게 됐습니까? 갈수록 노인 자살이 증가하고 있어요. 특히 나이가 더 많을수록 자살률이 높다고 하지 않습니까? 주머니에 돈은 없는데 더는 자식한테 기대기도 싫고 자꾸만 아프니까 진통제로 버티다, 버티다 차라리 죽는 것을 선택하는 거죠. 이것이 바로 21세기의 셀프 고려장입니다. 그러니까 말이 자살이지 사실상 사회적 타살이에요. 이를 방조하는 국가와 의료 보장을 폐기한 정부는 살인의 공범이나 마찬가지에요."

한섭 씨는 노인 자살을 셀프 고려장이라 부르며 시위대를 자극했다.

노인 자살은 이미 오래전부터 공화국에서 심각한 문제였다. 그런데 이동현 정권이 들어서고 연금과 의료 같은 사회적 보험이 축소되거나 폐지되자 폭증한 것이다.

형편이 조금이나마 나은 노인들은 안락사에도 의존했다. 공화국은 안락사를 법으로 금지했지만, 암암리에 성행하고 있었다. 정부는 알고도 불법을 말릴 의지가 전혀 없었다. 그래서 시위 장소처럼 노인들이 모이는 곳에는 안락사나 조력 자살을 소개하는 전단지가 수북이 쌓여 있었다.

"정말, 편안하게 갈 수 있나?"

"편안할수록 가격이 비싸대."

"죽음도 돈 앞에선 불공평하군."

'고통 없이 도와 드립니다'를 시청하던 노인들이 떠들

었다.

"조선시대에는 사형수의 가족들이 형리들에게 뇌물을 썼다고 하던데, 딱 그 짝이로군."

"뭔 말이야?"

"뇌물을 써야 한 방에 보내줬다고 하더군. 안 그러면……"

한 노인이 손으로 목을 긋는 시늉을 하더니 자신의 목을 여러 번 탁탁 치며 이어 말했다.

"고통 속에 가는 거지."

"허허, 죽음에도 돈이 들어가는 건 예나 지금이나 똑같군."

"그래도 오래 아프면 죽는 게 낫지."

"요즘은 가스 마스크도 나왔대요."

옆에서 가만히 듣고만 있던 다른 노인이 대화에 끼어들었다.

"가스 마스크요?"

"덮어 쓰고 누우면 아침에 못 일어나는 거죠."

"그거 간단하겠는데? 비싸요?"

"보따리장수들이 가지고 들어온 거라는데, 비싸 봐야

얼마 하겠어요? 재산 남겨서 뭐 하게요."

"만약 눈을 뜨면 어떻게 되는 거요?"

"그야 모르죠."

"죽는 방법도 사는 방법만큼이나 많군. 인생은 죽을 때까지 선택의 연속이야."

'그날은 누구에게나 옵니다. 고통 속에서 몸부림치다 가시겠습니까? 편안한 그 순간을 원하십니까? 고독 속에 가시겠습니까? 영원한 여행을 함께 할 동반자가 필요하십니까? 누군가 당신의 마지막 모습을 본다고 생각해 보십시오. 마지막 품위가 인생의 품위입니다. 당신에게 최적화된 시스템으로 고통 없이 도와 드립니다.'

선택 가능한 연령을 정하고 질병의 종류와 고통의 정도에 따라 허용 범위를 엄격히 제한하기도 했지만, 안락사는 많은 나라에서 불법이 아니었다. 그래서 공화국의 노인들은 다른 나라로 죽음의 여행을 떠나기도 했다. 원정 안락사였다.

품위 있는 죽음을 선택할 형편이 되지 않거나 용기가 없어 자신의 의지대로 삶을 마감할 수 없는 노인들은 삶의 마지막을 고통 속에서 보냈다. 의약의 발달로 죽을 지경에 이르러도 죽지 못했기 때문이다.

21세기의 공화국 사람들은 대부분 자신의 의지와 관계없이 병원에서 태어나서 병원에서 생을 마감했다. 마치 공장에서 벽돌이 찍혀 나오듯 병원에서 나서 산후조리원에서 처음으로 단체생활을 겪은 후 때가 되면 어린이집과 유치원, 학교를 차례로 거쳐 사회에 배출된다. 그러고는 결혼하고 자식을 낳고 마침내 다시 병원으로 돌아가는 것이다. 기계적인 탄생과 기계적인 죽음의 과정이었다. 생의 시작과 끝이 함께하는 병원이란 삶의 공간인가 죽음의 공간인가.

마치 기성품처럼 제조되었다가 소각되는 인생, 이것이 21세기의 공화국 사람들이 나고 죽는 방식이었다.

"21세기의 고려장이라…… 여려서 옛날이야기 속에서나 듣던 건데, 우리가 그것을 고민할 줄이야."

"진작에 죽었어야 했는데, 이게 다, 너무 오래 살아서 그렇다니까……"

한섭 씨가 셀프 고려장과 사회적 타살을 언급하면서 활기차던 시위 현장은 일순 침울하게 가라앉았다.

"여러분, 주변을 한번 둘러봐 주시기 바랍니다. 우리가 가지고 온 것들을 모두 도로 가지고 갑시다."

연설을 마친 한섭 씨가 주변을 정돈하자고 시위대에게 일렀다.

노인들이 자리에서 일어나 널려 있는 전단지와 쓰레기를 주워 담았다.

빠바밤 빠바밤 빠바바바밤~

시위대는 드보르작의 교향곡 제9번 「신세계로부터」의 4악장 도입부를 입으로 연주하며 다시 힘차게 가두행진을 시작했다.

"일자리 쟁취하자!"

"쟁취하자! 쟁취하자! 쟁취하자!"

"기본소득 보장하라!"

"보장하라! 보장하라! 보장하라!"

"무상의료 재개하라!"

"재개하라! 재개하라! 재개하라!"

훅 불면 꺼지는 촛불인 줄 알았는데 한섭 씨가 이끄는 공화국 노인들의 시위가 이른 봄의 들불처럼 거세게 번져 나갔다.

어느덧 외신도 공화국 노인들의 시위에 큰 관심을 나

타내기 시작했다. 시위대를 이끄는 한섭 씨에게 외신의 인터뷰 요청이 쇄도했다.

"지금 공화국의 노인들은 컵라면 한 개, 떡 한 조각 훔쳐 먹었다고 감당하기 어려운 벌금형을 선고받거나 징역을 살고 있습니다. 노인들이 컵라면과 떡을 훔쳐 먹은 것은 그동안 지급되던 연금을 이동현 정권이 중단했기 때문입니다. 뿐만이 아니라 정부는 노인들에게 제공하던 무상 의료 혜택마저 폐지했습니다. 노인들의 시위는 노인들의 생존을 위한 것이며 따라서 정당한 것입니다. 저는 노인들이 행복할 권리와 최소한의 기본적 인권마저 보장하지 않으려는 정부의 반인륜적 정책과 처사를 전 세계에 고발하는 바이며, 이에 대해 국제 사회가 한목소리로 이동현 정권을 규탄하여 주시기 바랍니다."

한섭 씨는 공화국의 노인들이 처한 상황을 외신에 전달하며 국제 사회의 도움을 호소했다. 그의 인터뷰 내용은 전 세계로 타전됐다.

꺼진 불이었던 한섭 씨가 시위대의 리더를 넘어 국제적으로 주목받는, 이동현 대통령의 정적으로 급부상한 것이다.

이동현 I

이동현 대통령이 아침에 일어나 가장 먼저 하는 일은 냉수 한잔 들이키고 나서 비서가 갖다 놓은 신문을 들고 화장실로 가는 것이다.

한참 만에 영 개운치 않은 표정으로 화장실에서 나온 대통령은 급하게 홍보 비서관을 찾았다.

대통령의 손에서 마구 구겨진 신문을 보고 비서관은 평소 변비가 심한 대통령이 이번엔 몹시 힘들었나보다고 생각했다. '그런데 왜 닥터도 아닌 나를?'

"뭐요, 이 작자는?"

대통령이 구겨진 신문을 내밀면서 물었다. 한섭 씨의 인터뷰 기사가 실린 외신이었다.

"대통령님께서 입장하십니다."

이동현 대통령이 천천히 회의장으로 들어오자 국무위원들이 전원 기립했다.

"모두 앉읍시다."

불편한 기색으로 참석자들을 한번 둘러보더니 대통령이 착석을 권했다.

국무회의에서는 노인시위에 대한 대응방안이 집중적으로 논의되었다.

"국민연금의 지급 정지와 경로연금의 축소 그리고 무상의료의 폐지 같은 복지정책의 변경이 시위 참가자들의 주된 불만 요인으로 분석됩니다."

"노인네들, 연금이 무슨 가상 화폐인 줄 아나. 땅 파면 나오냐고. 그러니까 진작에 손을 좀 대지. 지금까지 받을 거 이상으로 다 받아 놓고는……. 재원이 없으니까 못 주는 건데 지금 책임을 왜 나한테 미루는 거야. 그리고 사회부 장관에 국회의원까지 지냈다는 사람이 시위를 주도해요? 그 사람 연금이 얼마야 대체."

국무회의에서 치안담당 장관으로부터 시위 발생 원인과 현황 보고를 받은 이동현 대통령이 어이없다는 표정을 지으며 손바닥으로 테이블을 내리쳤다. 그 소리에 회의장을 짓누르던 무거운 정적이 깨졌다.

"면목 없습니다."

얼굴이 벌겋게 된 장관이 고개를 숙였다.

"일국의 장관까지 지냈다는 사람이…… 대체 그 사람 불만이 뭐래요?"

대통령이 손으로 배를 살살 문지르며 물었다.

"본인이 불만을 가졌다기 보다는 시위대들이 그를 지도자로 옹립해서……"

장관이 고개를 들어 대통령의 안색을 살폈다.

"본인은 불만이 없어요? 그런데 왜? 지금 자세히 알아보고 하는 소리요? 그리고 뭐, 옹립? 그래서 반란이라도 일으키겠다는 거야? 뭐야?"

말을 마친 대통령이 자리에서 벌떡 일어났다.

"정식으로 정당을 만들어서 차기 대선에 출마한다는 설이 있습니다."

"누가 김한섭 씨가? 그게 지금 말이 되는 소립니까? 그 사람 나이가 몇인데…… 노인네들, 늙었다고 사정 봐주지 말고 여차하면 몽땅 내란죄로 다스리란 말이오. 필요하면

계엄령 선포도 준비하고."

인상을 찌푸리는 대통령을 보고 전 국무위원들이 긴장했다. 실은 아침에 볼일을 시원하게 보지 못한 대통령은 속이 몹시 거북했다.

"다른 의견 없습니까?"

대통령이 의견을 구했으나 의견을 말하는 국무위원들은 아무도 없었다.

"그럼 잠시 휴회합니다."

의장인 대통령은 두더지 잡기 게임 하듯이 의사봉으로 목판을 급하게 그리고 세게 내리쳤다. 대통령은 볼일이 다급했다.

학창 시절의 동현은 공부를 잘하지 못했지만, 그가 입학할 무렵은 많은 대학이 정원을 채우기 빠듯했던 시절이라 그리 어렵지 않게 대학생이 될 수 있었다.

대학생 시절 동현은 여러 아르바이트를 경험했다. 물류창고에서 포장과 상·하차 같은 노동도 경험하고 키즈카페에서 에너지 넘치는 아이들 돌보고 놀아주면서 함께 일하던 여학생도 꾀던 동현은 어느 해 총선을 앞두고 한 정당 후보의 선거운동원 일을 하게 되었다.

키즈 카페 일과 선거운동은 서서 하는 감정 노동이라는 점에서 닮은 면이 있었다. 아이든 어른이든 상대의 기분을 띄워야 한다는 점에서 키즈 카페에서 아이들의 눈높이에 맞춰 놀아주는 것과 유권자의 흥을 돋우어야 하는 선거운동은 닮았다.

비극은 감정을 담아내야 하지만, 희극은 감정 없이도 할 수 있다! 키즈 카페와 선거운동의 경험은 훗날 정치인 이동현의 소중한 자산이 되었다.

국회의원 후보는 특이한 이력을 가진 사람이었다.

육십이 넘은 후보는 동현이 사는 지역구의 상습 출마자였지만 불행하게도 단 한 번도 의원 배지를 가슴에 달지 못했다. 무려 아홉 번째 출마한 그는 포스터에 구사일생을 노린다는 비장한 각오를 실었다. 직전인가는 칠전팔기를 꾀한다고 했다.

그 후보에 대해 잘 모르는 사람들은 국회의원 한 번 하는 것이 평생의 소망인 가련한 늙은이라고 생각했다. 그러나 정의감에 불타던 젊은 날, 그는 독재정권에 맞서 학생운동을 했으며, 대학 졸업 후에는 갖가지 산업현장을 전전하면서 노동운동도 했다. 몇 번의 구속과 석방을 반복하는 사이 서른을 넘긴 그가 갈 수 있는 곳은 정치판밖에 없었다. 이미 배지를 달고 있던 운동권 동지들이 손을 내밀었으나 자신의 이념과 다른 기존 보수정당들에서 활동하고 싶지는 않았다.

이 땅에서 진정한 진보의 씨앗이 되기로 작정하고 선거 때마다 새로이 진보 정당을 창당하고 의사당의 문을 두드렸으나 번번이 실패했다. 정치판의 돈키호테라 불리던 그는 육십이 넘어서 돌연 보수적인 거대 정당의 공천을 받았다. 그래도 변절했다고 손가락질하는 사람은 없었고 동정표가 쏟아질 것 같은 분위기였다.

동현은 그 후보를 초등학교 때부터 알았다. 후보자가 선거마다 출마했기 때문이다. 중학교 때 길거리에서 우연히 후보와 마주친 동현이 먼저 꾸벅 인사를 하자, 그는 학생이 나를 어떻게 아느냐며 반갑게 손을 내밀었다. 야윈 손이었다. 우리 동네에서 아저씨 모르면 간첩이죠, 이렇게 말하려다 동현은 아무 말 없이 내미는 손을 두 손으로 맞잡았다.

구사일생을 노리는 그 후보의 선거운동원 모집 공고를

보고 동현은 바로 지원했다. 특별히 그 후보를 지지해서는 아니었다. 동현은 부모님에게는 선거운동 일을 한다고 말하지 않았다. 그런데 그만 길거리에서 후보의 명함을 나눠주다가 아버지에게 딱 걸리고 말았다. 사람들에게 명함을 나눠주는 동현과 눈을 마주친 아버지는 잠시 고개를 갸웃거리더니 모른 체하며 지나갔다.

그날 집으로 돌아온 동현은 아버지와 심한 언쟁을 벌였다. 그 후보가 정치 입문 수십 년 만에 발을 들여놓은 거대 정당이 아버지가 지지하지 않는 정당이었기 때문이다.

아버지는 거실에서 뉴스를 보며 동현을 기다리고 있었다.

"밥은 먹고 다니냐? 나 좀 보자."

"……."

아버지가 인사만 하고는 바로 자신의 방으로 들어가려는 동현을 불렀다.

"지금까지 뭐 하다가 이제서야 들어오는 거냐?"

"……."

"왜 말이 없어? 당원이냐?"

"아니에요. 아버지."

"당원이 아니라고? 그럼, 지금 하는 일은 뭐고?"

"아르바이트예요."

"그런데 왜 하필 이 당 후보냐?"

"그 당을 지지해서가 아니라……"

"아니라……"

"제가 무슨 당원도 아니고 그냥 일당 받고 하는 아르바이트라니까요."

"너는 어려서 그 당이 어떤 당인지 잘 모를 테지만, 아무리 아르바이트라도 거기는 안 된다. 삼반三反이라고 반민족, 반민중, 반민주적인 정당이 바로 니가 돕고 있는 그 당이야."

"그 후보님은 그런 분이 아니에요."

"그런 분이 아니야? 그런데 늙어 망령이라도 났나? 왜 거기에다 공천 신청했대? 그 당을 지지하니까 그랬겠지. 안 그렇겠어?"

"아버지."

그때까지 듣고만 있던 동현이 고개를 빳빳이 세웠다.

"뭐냐? 말 해봐."

"말씀대로 반민족, 반민중, 반민주적이어서 과거에는 투쟁과 타도의 대상이었는지도 모르지만, 이제는 세월이 흐르고 시대도 바뀌었다고요. 그 당에도 후보님 같은 분들이 여럿 계시고. 물론 저는 당원도 아니고 그 당을 지지하지도 않아요. 하지만 보수적인 정당이라고 다 나쁜 건 아니잖아요? 도대체 아버지 세대는, 왜 그렇게 과거에만 집착해요? 민주화운동? 물론 자랑스러운 우리의 역사죠. 하지만 아버지 세대는, 피 흘리며 싸워서 얻은 민주화의 과실을 피 한 방울 흘리지 않은 세력에게 넘겨주기 싫다는 거 아닌가요? 아버지가 아무리 과거에 연연해봐야 시간은 과거가 아니라 앞으로 흐른다고요. 미래로……."

"내 말은 보수적인 정당이라서 나쁘다는 게 아니야……"

그러면서 분노한 아버진 어디서 들었는지 민주주의에는 종착역이 없다며, 그 당에 표를 주면 이 땅의 청년들에게 미래는 없다고 단언했다. 하지만 동현은 아버지의 말을 다 듣지도 않고 다시 집을 나가버렸다. 그런 동현의 등에 대고 아버진 선거운동 일을 계속하면 의절하겠다고 소리쳤다.

동현은 함께 운동 일을 하는 친구들에게 연락을 돌렸

다. 아무래도 한잔해야 할 것 같았다. 다들 비슷한 어려움이 있어 그런지 꽤 늦은 시간임에도 여럿이 모였다.

왜 정치의 계절만 되면 어른들은 입에 게거품을 무는 것일까? 미래의 나라는 아버지 세대의 나라인가, 우리 세대의 나라인가. 동현과 친구들은 밤새 잔을 부딪치며 토론했다. 도대체 그들은 왜 그러는 것일까?

진보와 보수 정권을 막론하고 사실 공화국 정부에는 미래가 없었다. 미래에 대한 정책도 따져 보면 현재를 위한 것이지 미래에 대한 투자는 아니었다. 표는 미래에서 주는 것이 아니라 현재에서 얻는 것이기 때문이다.

대학 졸업 후 동현은 복무하면서 모은 돈으로 취업 준비 학원에 등록하고 틈틈이 시청이나 공공기관 같은 곳의 인턴십 프로그램에 참여해서 경력을 쌓았지만, 그의 학벌로는 정식취업은 언감생심이었다. 입학은 쉬웠어도 입사는 너무나도 어려웠다.

어떤 인간들은 몇 년 공부한 것으로 평생을 우려먹고 사는데, 학교 다닐 때 공부 좀 안 했다고 취업도 못 하고 평생 지지리도 못난 인생을 살아야 하는 건 너무 불공평한 일이 아닌가, 이렇게 울분을 토하는 동현에게 친구 가운데 누군가 그랬다.

"대학은 돈을 받으니까 오라고 하지만 회사는 돈을 지급하는데, 아무나 막 오라고 하겠어?"

공공기관에서 잡무를 거들던 동현은 여기저기 비어 있는 책상을 보고는 이곳에 필요 없는 인력이 많은 것인지, 아니면 저 책상의 주인이 자리를 비워서 자신에게 일이 주어진 것인지가 궁금했다. 책상 주인의 급여를 자신이 대신 받는 것이 아니므로 동현이 내린 결론은 일하지 않고도 꼬박꼬박 급여를 챙기는 잉여인력이 많다는 것이었다.

동현은 취업이 어려운 이유로 세 가지를 꼽았다.

먼저, 일하지 않는 기성세대가 자리를 보전하고 있다.

다음으로 기계와 인공지능에게 일자리를 내주었다.

끝으로 남들보다 부족한 자신의 실력.

명쾌했다.

이동현 2

한동안 시청에서 허드렛일을 하던 동현은 다행히 청년 일자리 지원 프로그램의 도움으로 시청이 발주한 공사를 맡은 중견 건설회사의 하청 업체에 취업했다.

공사를 발주한 시청이 갑甲이라면 중견 건설회사는 을乙, 동현 씨가 취업한 회사는 병丙이었다. 상하 관계가 뚜렷했다. 병은 을에게 을은 갑에게 복종하고 비위를 잘 맞춰야 했으므로 접대가 중요했다. 게다가 을이나 갑이 한두 군데가 아니었으므로 접대는 늘 있는 일이었다.

경쟁입찰을 통해 사업자를 선정할 때, 가장 중요한 요소는 가격이었다. 기술력이나 업력에 배점이 없는 것은 아니지만 가장 배점이 많은 항목은 가격이었다. 다른 항목은 가격이 같을 때 보는 참고 지표 정도였다.

사업을 따내기 위해서는 높은 가격을 제시해서는 안 되기 때문에 입찰 참가 업체들은 서로의 눈치를 보며 경쟁적으로 낮은 가격을 써냈다. 주계약 기업인 을이 비정상적인 가격으로 갑으로부터 낙찰을 받았으므로 병들은 더욱 터무니없는 가격을 써내야 사업을 따내고 기업을 운영할 수 있었다. 그 밑으로 내려오면 경쟁입찰이고 뭐고 없이 주로 협상에 의한 수의계약으로 성사되었다. 병들은 정丁이라 할 수 있는 원자재나 부품 납품처에게 가격을 후려치고 부실시공을 통해 을에게서 입은 내상을 치유했다.

입사해서 동현 씨가 맡은 일은 석재사업이었다. 건축물의 외벽을 마감하는 석재를 주문하고 구매하는 것이 주 업무였다.

하루는 부장이 동현 씨를 데리고 한정식집으로 갔다. 기와를 인 목조 건물로 아담한 연못이 있는 정원까지 갖춘 곳이었다. 주차장에는 소형차는 한 대도 없었고 검은 세단과 수입차가 즐비했다. 부장이 이렇게 고급 음식점에서 자신에게 밥을 사줄 리가 없다고 생각했는데, 역시 처음 보는 사람들이 먼저 와서 기다리고 있었다.

동현 씨가 부장을 따라 예약된 방으로 들어서자 사람들이 긴장한 표정으로 자리에서 일어서 맞았다.

"이번에 우리 부서에 발령받은 이동현 주임이에요. 앞으로 이 주임이 다 할 겁니다."

부장이 사람들에게 동현 씨를 소개해 주었다.

"○○석재의 아무개입니다. 잘 부탁드립니다."

거의 아버지뻘로 보이는 사내가 이내 웃음을 지으며 동현 씨에게 자신을 소개했다. 명함엔 대표라고 적혀 있었다.

이어 다른 사내들이 굽신거리며 인사했다. 명함엔 상무, 영업부장이라고 적혀 있었다.

"그럼, 다들 앉읍시다. 재킷도 벗고."

인사를 마치자 앉아 있던 동현 씨의 부장이 착석을 권했다. 비로소 사람들이 제자리에 앉고 때맞춰 요리가 들어왔다.

사회는 또 다른 학교였다.

2차로 이어진 저녁 자리는 석재회사 대표와 동현 씨 회사 부장의 골프 약속을 끝으로 파했다.

"이 주임님, 다음번엔 우리끼리 한잔합시다."

석재회사의 영업부장이라는 사람이 동현 씨에게 택시를 잡아주면서 씩 웃었다. 순간 동현 씨는 세상에서 가장 선한 얼굴을 본 것 같았다.

집으로 돌아간 동현 씨는 그날 먹은 것을 죄다 게웠다. 하지만 석재회사 부장의 웃는 모습은 한동안 지워지지 않았다. 나중에 정치를 시작하고 동현 씨는 정치인들의 환한 미소를 보며 낯설지 않은 표정이라고 생각했다. 그러고는 거울을 보면서 그 표정을 찾으려 연습했다.

어느 날, 석재를 검수하던 동현 씨는 석재의 두께가 요구했던 것보다 미세하게 얇은 것을 발견하고는 납품업체에 컴플레인을 제기했다.

잠시 후 부장이 커피나 마시자며 동현 씨를 밖으로 불러냈다.

"동현 씨는 회수권이라는 거 모르지?"

부장이 기다란 영수증을 반으로 접더니 다시 반으로 접었다.

"내가 학교에 다닐 때는 말이야, 학생들이 버스를 탈 때 회수권이라고 부르던 버스표를 냈어. 열 장씩 붙어 있었는데, 이걸 한 장 한 장 잘라서 냈지. 그런데 조금씩 모자라게 잘라내면 열 장이 열 한 장이 되기도 해. 버스 차장이 회수권 한 장 한 장을 일일이 확인할 수는 없는 일이니까. 그땐 시내버스에 차장이라고 부르던 여승무원이 있었거든."

"네에……."

"회사에 입사해서 보니까 세상에, 돌도 그렇게 자르더라고. 가령, 동현 씨가 1센티 두께의 마감재를 주문했다고 쳐. 그런데 그걸 0.9센티 두께로 자르면 어떻게 될까? 열 장은 열한 장이 되고 백 장은 한 백열 장쯤 나오려나?"

"……."

"언제 어디서부터 잘못 자르기 시작했을까? 그건 나도 모르지만, 정확하게 1센티씩 자르잖아, 그럼 이 사회가 안 돌아가. 회사에서는 동현 씨 급여를 맞춰줄 수가 없다고."

이렇게 말하면서 부장은 가느다랗게 접은 영수증을 도로 펴더니 접힌 자국을 따라 찢고 또 찢어서 바닥에 버렸다.

민주주의 쟁취는 아버지 세대의 이야기인 줄로만 알았다. 민주주의에는 종착역이 없다더니 그 말은 사실이었다. 회사의 상하 관계는 상명하복식이었으며, 임금체계는 노동자에게 불리한 약탈적 구조였다. 고질적으로 부정이 발생하고 위에서는 그것을 알면서도 눈감아 주는 대가로 착취를 반복하는 악순환이었다.

몇 년 후, 동현 씨는 뜻맞는 동료들과 함께 비밀리에 노동조합을 설립하고 행정기관에 신고했다. 뒤늦게 이 사실을 알아차린 경영진은 펄쩍 뛰었다. 동현 씨는 실적에 대한 압박이 심한 부서로 전보되었으며 승진에서 동기들에게 밀렸다.

"이 주임도 이젠 영업도 해봐야지. 그래야 승진이 빨라요."

드러나지 않는 인사상 불이익이었다. 하지만 동현 씨는 상급단체인 건설노조연합의 도움으로 버티고 잘 헤쳐나갔으며 전임 專任 노조위원장으로 전환했다.

공짜 점심은 없었다. 해마다 임금 협상 시즌이 되면 동현 씨는 건설노조연합에 가입되어있는 다른 회사의 노조와 연대하여 품앗이 투쟁을 전개했다. 다른 회사의 노조 간부가 동현 씨를 대신해서 임금 협상을 벌이면 동현 씨도 다른 회사의 노조 대표자를 대신해서 임금 협상을 벌였다.

세월이 흐르면서 동현 씨는 임금 협상의 달인이라는 소릴 들었다. 노동자들의 우상이 된 것이다. 회사와 협약이나 임금 협상에 어려움을 겪는 노조에서는 동현 씨를 찾았다. 하지만 동현 씨라고 해서 언제나 협상이 물 흐르듯 순조로운 것은 아니었다. 그럴 때 동현 씨는 다선의원으로서 원내 실력자가 되어있던 구사일생의 의원을 찾아 도움을 주고받았다.

전임 노조위원장이 된 후 동현 씨는 먼저 여야 노동위원회 소속 의원들과 접촉하려 했다. 하지만 의원실의 문은 잘 열리지 않았다. 겨우 접촉하면 보좌관들만이 의례적으로 맞아주었다. 의원들은 의원회관과 지역구 사무실 어디에서도 볼 수 없었다.

'의원들과 함께 웃고 사진을 찍은 그 많은 사람은 도대체 어떻게 만난 것일까? 남들에게는 밥 먹듯 쉬운 일이 왜 나에겐 이토록 어려운가.'

전화를 걸어 ○○산업의 노조위원장이라고 하면 보좌관들은 사무적으로 응대하며 딱딱하게 대꾸했다. 동현 씨는 전략을 바꿨다.

"어디시죠?"

"국민입니다."

"네?"

"△△구 유권자라구요."

몇 번의 시행착오를 되풀이한 동현 씨는 결국 노조위원장의 자격이 아니라 유권자로서 지역구 의원을 어렵사리 만나는 데 성공했다.

동현 씨가 의원회관으로 찾아갔을 때 구사일생의 의원은 거울 앞에서 머리를 빗고 있었다.

"십 분 후에 나가십니다. 워낙 바쁘셔서."

보좌관이 미리 양해를 구했다.

비서가 종이컵에 차를 한 잔만 타왔다.

"어서 들어요. 나는 나가서 마셔야 해서."

구사일생의 의원은 동현 씨를 전혀 알아보지 못했다.

"의원님의 오랜 지지자입니다. 선거운동도 도왔구요."

동현 씨가 지역구민으로 선거운동을 도운 사실을 말하자 의원은 넥타이를 고쳐 매며 여전히 잘 모르겠다는 표정을 지었다.

"고맙고 반갑군요. 그때 정말로 마지막이라는 각오로

출마했는데…… 그런데 무슨 일로 이렇게 발걸음을?"

"제가 의원님을 도와드릴 수 있을 것 같습니다."

"나를 도와요?"

민원인이라 여기던 의원은 자신을 도울 수 있다는 동현 씨의 말에 표정을 슬쩍 바꿨다.

"어떻게 말인가요?"

동현 씨는 가져온 서류 봉투를 테이블에 올려놓았다.

"이게 뭐죠?"

옆에 있던 보좌관이 봉투를 턱으로 가리켰다.

"의원님의 의정 활동에 꼭 필요한 정보들을 준비해서 정리해 봤습니다. 한번 읽어보시기 바랍니다. 그럼 전 이만 돌아가서 기다리겠습니다."

동현 씨는 차를 반도 마시지 않았다.

며칠 후 의원실에서 연락이 왔다.

"해당 부처에 관련 자료를 요청했습니다. 저희가 잘 살펴보겠습니다."

그러고 나서 다시 며칠 후 동현 씨는 구사일생의 의원으로부터 직접 걸려온 전화를 받았다.

"어려운 문제 있으면 언제든 상의하세요."

이후로 동현 씨가 국회 노동위원회 소속이던 구사일생의 의원에게 은밀히 사용자와 기업의 비위를 제보하면 의원은 관련 부처의 장관들에게 관리, 감독을 좀 똑바로 하시오라고 호통쳤다. 그러면 난항을 거듭하던 협상이 일사천리로 타결되었다.

건설노조 위원장을 거친 동현 씨는 아예 전국노동조합총연맹의 전임자로 자리를 옮겼다. 직업적인 노동운동을 시작한 것이다.

어느 해 총선에서 정당들은 직능별로 비례대표 후보자들을 영입했다. 전국노동조합총연맹 위원장이던 동현 씨는 상대적으로 진보적인 쪽에 마음이 있었지만, 그 정당에서 다른 노동조합연맹의 대표자를 공천하는 바람에 보수적인 정당의 공천을 받아 국회에 입성했다.

의원이 되고 보니 국회는 직장, 정치는 직업인 생계형 의원들이 꽤 많았다. 카메라 앞에서는 서로 죽기 살기로 싸워도 저녁엔 언제 그랬냐는 듯 화기애애하게 단합했다. 낮엔 당적, 저녁엔 학적이었다. 국회에 단 한 사람의 동문도 없는 동현 씨는 거칠 것이 없었다.

그렇게 보수정당의 비례대표가 된 동현 씨는 팔을 걷

어붙이고 의정 활동을 한 결과, 국회 출입 기자단이 뽑은 의정 활동 최우수의원으로 선정되기도 했다. 지역구 공천은 떼어 놓은 당상이었다.

의정 활동 중에 그가 발의한 대표적인 법률은 일명 부작불식법不作不食法이라고 부르는 근로환경 개선 및 임금 지급 등에 관한 법률이었다. 기업의 수평적 문화를 저해하는 연공서열과 저효율, 저성과의 원인인 연봉제를 폐지하고 근로자의 임금을 실질적 성과에 따라 지급할 수 있도록 한, 이 법은 노동계의 강력한 반발에도 불구하고 경영자들과 젊은 근로자들로부터 큰 지지를 얻어 시행되었다. 법이 시행되자 동현 씨에게 기업들의 후원이 쏟아졌다. 노동운동가 출신의 동현 씨가 어느덧 보수를 대표하는 정치인으로 우뚝 선 것이다.

인생은 그렇게 돌고 돌았다.

자전거

지하철역에 들어선 한섭 씨가 결제 기능을 겸한 전자 신분증을 탑승 게이트에 대자 '삑'하고 경고음이 울렸다. 여기서도 '삑', 저기서도 '삑', 게이트는 노인들의 진입을 허용하지 않았다. 할 수 없이 한섭 씨와 노인들은 무인 버스를 타고 시위 장소로 나가려고 했지만, 출입구에 게이트가 설치된 버스 역시 노인들의 승차를 허용하지 않았다.

정부는 65세 이상 노인들의 대중교통 이용을 무상에서 유료로 전환한 데 이어 탑승마저도 막았다. 노인들이 사회 질서를 파괴하고 공공의 안녕을 헤칠 우려가 있다고 판단해서 긴급을 요해 허가받은 경우를 제외하고는 지하철과 버스 이용을 제한한 것이다.

한섭 씨와 친구들은 개인택시를 타고 시위 장소로 나가기로 했다.

회사 택시는 거의 무인 택시였지만 여전히 사람이 운전하는 개인택시도 다녔다. 개인택시 기사는 젊은 사람도 있었으나 대개는 무인 택시가 등장하기 이전부터 활동한 베테랑들이었다. 한섭 씨는 평소 택시를 탈 때는 다소 요금을 더 내더라도 꼭 개인택시를 이용했다. 기계로 얼마든지 대체할 수 있더라도 사람이 할 수 있는 일이라면 사람이 해야 한다고 믿었다. 그래야 사람의 일자리가 지속될 것 아닌가.

단골 택시 기사가 동료 기사들을 불러 한섭 씨와 친구들을 태우기 위해 왔다.

택시에 설치된 소형 모니터에서는 메타버스 월드컵이 중계되고 있었다. 공화국을 대표하는 역대 최고 선수들의 아바타로 구성된 대표팀이 IT 산업 강국인 인디아 연방 대표를 상대로 8강 토너먼트를 벌이는 중이었다. 공화국 대표팀은 대회 3연패를 목표로 출전했지만, 고전을 거듭하며 겨우 8강에 턱걸이했다. 관련 기술과 산업의 평준화

현상 때문이었다.

공화국에서는 이미 오래전부터 육체적 노동은 물론 단순 사무 등 다양한 분야에서 로봇과 인공지능이 상당 부분 인력을 대체했다.

비용의 감소는 자본가의 수익을 확대하고 가격의 하락은 소비자의 만족도를 높였다. 초기에는 로봇과 인공지능의 활용도가 높지 않았으나 어떤 분야에서든 서비스의 품질이 소비자의 눈높이에 이른 순간부터 급속도로 기계가 인력을 대체했다. 사람은 점차 할 일을 잃었다. 사람이 자초한 결과였다.

로봇과 인공지능은 이미 오래전에 예술과 스포츠 분야에도 진출했다. 언젠가 바둑에서 예상을 깨고 인공지능이 인간의 국수國手를 꺾었을 때, 사람들은 좌절했다. 하지만 게임과 스포츠, 예술은 사람이 하는 것이 진정한 가치라는 사고의 전환에 다행히 예술인과 체육인은 자신의 자리를 겨우 지켰다.

그래도 사람이 땀 흘려 뛰는 스포츠나 사람이 창조하는 예술과는 별개로 메타버스 월드컵 같은 각종 가상 스포츠와 인공지능 예술 산업이 인기를 얻고 크게 성장했다. 사람들은 인공지능이 취향에 맞춰 제작한 소설이나 영화, 음악, 미술 작품 등을 감상하며 감동했고 메타버스 월드컵이나 월드 리그에 베팅하며 열광했다. 사람의 시장은 날로 위축됐다. 예술이나 스포츠는 가격의 효율성을 따질 수 없는 분야지만 그렇다고 비용으로부터 자유로운 것도 결코 아니기 때문이다.

평소 한섭 씨는 사람의 일 가운데 최후의 것은 틀림없이 정치일 것으로 생각했다. 어찌 보면 사람의 일 가운데 가장 한심한 작업이 정치였지만 입법권을 쥔 정치인들이 자신의 밥그릇을 인공지능 따위에게 넘겨줄 리가 없기 때문에 그렇게 믿었다.

"아, 한 골 넣기가 이렇게 어려운가요? 인디아 연방은 우리 대표팀의 전술을 완전히 꿰뚫고 있어요. 우리 대표팀의 공격 루트를 철저히 차단하고 있지 않습니까."

캐스터가 길게 한숨을 내쉬며 중계를 하고 있었다. 경기는 거의 끝나가고 있었다. 한 골 뒤진 공화국 대표팀은 경기 종료를 앞두고 전원 공격을 펼쳤지만, 인디아 연방의 견고한 수비벽을 못 뚫고 있었다.

"인디아는 스타 선수가 하나도 없는데 인공지능의 전

술만으로 축구를 하네요. 뉴스에서 봤습니다. 지금 정부에서 노인들의 대중교통 탑승을 제한하고 있다는. 원 세상이 어찌 되려고 이러는지."

택시 기사가 바로 시위 장소로 이동하며 푸념을 늘어놓았다.

"그래도 김 장관님 같은 분이 계셔서 우리 늙은이들도 희망을 봅니다."

"슛! 골, 골입니다."

캐스터의 골이라는 외침에 기사가 그만 급브레이크를 밟았다.

"국민 여러분! 인디아 대륙이 침몰하고 있습니다. 패배를 각오한 우리 대표팀의 전원 공격, 축구 교과서에는 없는 변칙 전술이 인디아 연방의 인공지능을 무너트립니다. 수비 라인이 한번 무너지니까 인디아 연방 선수들 엄청 당황하네요."

"조직력이 무너지면 말이죠. 선수의 기량으로 버텨야 하는데 스타플레이어가 없는 인디아 연방에는 그런 기술을 가진 아바타가 없거든요."

잠시 뒤 우리 대표팀이 추가 골을 넣어 경기는 극적인

역전승으로 끝났다. 캐스터는 필사즉생의 승리라며 환호했다.

목적지에 이르러 한섭 씨가 요금을 내려 하자 기사가 극구 사양했다.

"축구도 이기고 모처럼 가슴이 뻥 뚫리는 기분입니다. 우리 개인택시들은 시위대를 무료로 태워주기로 결의했습니다. 앞으로 제가 기사를 해드릴 테니 언제든 부르세요."

공화국 노인들에게 한섭 씨는 이미 마음의 영웅이 되어 있었다.

걷거나 건강한 노인들이 병약한 노인들의 휠체어를 밀어주면서 시위 장소에 나오는 것을 보고 큰 감동을 받은 한섭 씨는 다짐했다.

'그래, 이 나라, 한번 바꿔 보는 거야. 씨바.'

이동현 정권은 이동권 제한이라는 편법으로 노인들의 집회와 시위, 결사를 빼앗으려 했지만, 노인들은 조금도 굴하지 않았다.

시위를 마치고 한섭 씨와 친구들은 곰탕집에서 이동

방법을 논의했다.

"자전거 어때?"

"거, 좋군. 오래 안 탔지만, 나도 자율주행 자전거 가지고 있는데."

"그래, 자전거가 평화의 상징이기도 하잖아."

누군가 자전거를 타고 모이자고 하자 여럿이 동의했다.

자전거가 평화의 상징인지는 몰라도 한섭 씨는 자전거를 타고 평화적 시위는 벌일 수 있을 것 같다고 생각했다.

자전거는 가장 오래된 탈것 가운데 하나이기도 하지만 친환경적인 성격 때문에 미래의 교통수단이기도 했다. 전문가들은 도로에서 차는 사라져도 자전거는 사라지지 않을 것이라 예언했다. 공화국에서는 오래전부터 자전거 길을 내고 버스나 지하철, 기차 등 대중교통과 연계성을 높였으며 이용을 장려했다.

건강한 노인들은 자전거를 타고 시위 장소에 집결했다. 두 바퀴로 달리는 자전거는 가장 약한 탈 것이다. 그래서 노인들이 탄 자전거 행렬은 폭력이 아닌 평화의 행렬이었으며, 무장 경찰과 그에 맞선 자전거 행렬은 강렬

한 대비 효과를 자아냈다.

하얀색 자전거가 한참 동안 그저 경찰 병력 앞에 서 있었다. 가만히 서 있기만 하던 자전거는 돌연 후진하더니 앞바퀴를 번쩍 들고 뒷바퀴만으로 움직였다. 다시 앞바퀴를 내리고 몇 차례 점프를 한 후, 흰색 상의를 입은 라이더가 두 손으로 안장을 짚고 몸을 수평으로 폈다. 라이더가 양손을 번갈아 떼면서 시위대를 향해 손을 흔들자, 탄성과 환호가 터졌다. 다시 안장에 오른 라이더는 이번에는 원을 그리며 크게 돌면서 저지 뒷주머니에서 공을 꺼내 저글링을 시작하였다. 경찰들도 라이더의 묘기를 보며 감탄했다. 한동안 저글링을 하던 라이더는 갑자기 자전거를 몰아 경찰에게 돌진했다. 앞줄의 경찰들이 놀라서 뒷걸음쳤다. 하지만 라이더가 무게 중심을 앞으로 옮겨 핸들 바를 비틀어 누르자 자전거가 미끄러지면서 멈추었다.[14]

"어쭈, 부대 정렬. 저 새끼 잡아."

---

14 이렇게 하면 브레이크를 사용하지 않고 타이어의 노면 마찰을 이용해 미끄러지면서 자전거를 멈출 수 있다. 스키딩 턴(skidding turn)이라고 한다.

지휘관의 명령에 앞줄의 경찰들이 달려가 자전거를 잡으려 했으나 잡을 수 없었다. 자전거가 사람의 속도보다 조금 빠르게 달렸으므로 뒤로 길게 꼬리가 붙었다. 시위대에서 웃음보가 터졌다.

"뭣들 해, 자전거들 쓸어 버렷!"

노인들이 각자 자전거에 오르자 경찰들이 우르르 몰려나갔다. 사람보다 빠른 자전거를 잡을 순 없었지만, 자전거 몇 대가 뒤엉켜 넘어지자 경찰들이 곤봉으로 노인들을 마구 패고 자전거를 발로 짓밟아버렸다.

시위대와 경찰이 최초로 물리적 충돌을 일으킨 날이었다.

다치고 쓰러질수록 점점 많은 노인이 자전거를 타고 광장으로 나갔다. 일부러 차를 끌고 나온 젊은 운전자들은 갓길에 바싹 붙어 달리며 자전거를 위협했다. '나는 크고 너는 작아, 나는 강하고 너는 약해, 나는 젊고 너는 늙었어'라는 인식에서 폭력은 시작된다. 자전거보다는 오토바이가 오토바이보다는 자동차가 자동차 중에서는 버스나 트럭 같은 대형차가 크고 세지만 크고 센 것은 정의나 올바름과는 상관없이 더 크고, 더 센 것 앞에서 무릎 꿇을 것이다.

국내외 언론은 노인들의 자전거 시위를 크게 보도했다. 망가진 자전거를 붙잡고 무장 경찰의 곤봉 세례를 받는 어느 쓰러진 노인의 사진은 전 세계에 타전되었다.

뻐꾸기 프로젝트

쓴 표정을 지으며 화장실에서 나온 이동현 대통령은 시위대의 자전거처럼 구겨진 신문을 비서관에게 내던지며 시위대와 협상을 하라는 은밀한 지시를 내렸다.

과연 누가 이동현 정권과 협상을 벌일 것인가. 신변의 안전을 우려해 만류하는 지도부에게 한섭 씨는 스스로 적진으로 들어가 최후를 맞은 로마 장군 레굴루스[15]처럼 자신이 직접 나서겠다고 했다.

15 로마의 장군 마르쿠스 아틸리우스 레굴루스(Marcus Atilius Regulus, ?~BC249?). 제1차 포에니 전쟁에서 카르타고인에게 붙잡혀 포로가 된 그는 실패하더라도 돌아오겠다며, 자신을 로마로 보내주면 평화 교섭을 주선하겠다고 약속했다. 하지만 로마로 돌아온 레굴루스는 카르타고에 맞서 싸울 것을 주장하고 다시 카르타고로 돌아가서 죽음을 맞았다고 전해진다.

"저들이 먼저 협상을 요구한 건 그들의 사정이 어렵기 때문입니다. 절 어떻게 하진 않겠지만, 만일 저들에게 붙잡혀 돌아오지 못하더라도 투쟁을 그쳐서는 안 됩니다. 저는 이제 레굴루스의 심정으로 협상에 임하고자 합니다. 사람이 마땅히 할 일을 다 한다면 두려운 건 아무것도 없습니다."

한섭 씨의 비장한 태도에 사람들은 숙연해졌다.

'과연 내가 살아서 돌아올 수 있을까', 협상장으로 향하면서 이런 생각을 하던 한섭 씨는 문득, 오래전에 '금테안경'이 취조실에서 한 말을 떠올렸다. 자신이 애국을 달성해야 살아서 나갈 수 있다던. 그 '금테안경'처럼 이동현 정부도 애국심에서 시위대를 탄압하는 것일까?

"장관님, 여기서 기다리겠습니다."

"아닙니다. 그냥 돌아가세요. 필요하면 다시 제가 부르지요."

협상 장소까지 데려다준 택시 기사에게 한섭 씨는 그냥 돌아가라고 말했다.

무장 경찰들이 삼엄하게 경계 서고 있는 비밀 협상 장소에 한섭 씨가 수행원 한 사람도 없이 단신으로 나타났다. 당황한 건 정부 측 협상단이었다.

"혼자 오셨습니까?"

정부 측 대표가 의아한 표정으로 한섭 씨에게 착석을 권했다.

"그렇소."

한섭 씨가 태연하게 대답했다.

"여기까지 어떻게 오셨습니까?"

"택시 타고 왔소만."

"그런 줄도 모르고. 이거, 죄송합니다, 우리가 모셨어야 했는데……"

정부 측 대표가 턱 짓 하자 두 사람이 마주한 원탁을 무장한 군인들이 뒤돌아서 둘러쌌다. 협상이 잘 안 되면 길을 열어주지 않을 태세였다.

"장관님, 알만하신 분이 도대체 왜 이러십니까?"

정부 측 대표는 협상 테이블에 앉은 한섭 씨를 장관님이라 호칭하며 예우했다.

"노인이라는 이유로 인간의 존엄성이 무시되어서는 안 됩니다. 노인들을 복지의 사각지대에 방치하지 말 것이며, 알맞은 일자리를 만들어 주기 바랍니다. 우리 노인들도 공화국의 구성원으로서 권리와 책임을 함께 갖고자 합니다."

이어 한섭 씨는 경로연금을 부활하고 무상의료와 무상교통, 통신비 보조 등도 즉시 재개할 것과 내각의 절반을 20세기 출생자에게 할당하고 국가원로위원회를 구성해서 주요 정책에 대해 자문 받을 것을 요구했다.

"지금 나라의 재정 형편이 매우 어렵습니다. 이대로 가면 공화국의 미래는 없어요. 정부 재정이 정상화될 때까지 참고 기다리시면 해결될 것을…… 대통령께선 김 장관님을 총리로 모시고 국정을 함께 운영할 수도 있다고 말씀하셨습니다. 정부는 사태의 평화적 해결을 바라고 있습니다."

"먼저 이동현 대통령이 국민 앞에 공약을 철회하고 우리의 요구사항을 수용한다고 발표하기 바랍니다. 그러면 우리 노인들은 오늘이라도 철수하겠습니다."

"장관님, 장관님은 지금 피의자 신분이라는 걸 아셔야 해요. 내란죄 피의자."

정부 측 대표가 길게 한숨을 내쉬었다.

"그러면 어서 날 잡아 가두시오."

한섭 씨가 눈을 감으며 두 팔을 모아 앞으로 내밀었다. 그 금테안경과 덩치가 살아 있다면 지금 무엇을 하고 있을까? 그들도 광장에 나왔을까? 그래도 이 녀석들은 물고문은 하지 않겠지. 받으면 이번엔 좀 버틸 수 있을 것 같은데…… 이런 생각을 하니 절로 웃음이 터졌다.

"아니 어째서 웃으시는 겁니까? 지금 웃음이 나와요?"

"어찌 웃지 않을 수 있겠소. 이 공화국이 누구의 나란데 내란죄라니. 나는 불씨에 불과하오. 당신들이 불씨를 밟아 끄더라도 불꽃은 계속해서 타오를 것입니다. 누구에게나 단 한 번의 죽음이 있을 뿐이오. 내 긴 세월 살아 보니 이제 알 것 같소. 어떻게 죽느냐는 것이 사는 문제 못지않게 중요하다는 것을."

어떻게 죽을지를 고민하는 사람과 살 일을 걱정하는 사람의 협상이었다.

"그만 일어서도 되겠소?"

한섭 씨가 묻자, 정부 측 대표가 난감한 표정을 짓더니 이윽고 테이블을 둘러싼 무장 병력에게 길을 열라는 지시를 했다.

협상 대표자가 보고하러 갔을 때, 마침 대통령은 화장

실에 있었다. 한참 후 대통령이 잔뜩 찌푸린 표정으로 바지춤을 올리며 화장실에서 나왔다.

노인들의 요구사항을 끝까지 듣지도 않고 이동현 대통령은 버럭 짜증을 냈다.

"별 미친 노인네, 다 보겠군."

협상은 결렬되었다.

노인들은 창당 준비위원회를 구성하고 발기인 대회를 개최하기로 했다. 노인과 사회적 약자의 권익을 대표하는 정당을 만들기로 한 것이다. 창당준비위원장으로 추대된 한섭 씨는 발기인을 모집하고 중앙당과 지역당 창당 준비를 위한 회의를 열었다.

"A신문, B일보, C뉴스 등이 줄줄이 광고면이 차서 게재해줄 수가 없다고 합니다. 다른 신문사들도 알아보고는 있지만, 사정이 다르지 않을 것 같습니다."

시작부터 난관이었다. 법률은 창당 공고를 일간지 지면 또는 온라인에 게재토록 규정하고 있는데, 주요 신문사들이 거부한 것이다. 정부에서 보이지 않게 압력을 넣었을 것이다.

"이동현이 이 자식, 더럽게 치사한 놈이군."

"방법이 없을까요?"

한섭 씨가 준비위원들에게 질의했다.

"반드시 종합일간지가 아니더라도 상관 없습니다."

변호사 친구였다.

"오, 그래요? 계속 말씀해 보세요."

당혹스러운 표정을 짓던 한섭 씨가 반색했다.

"법률에서 창당 공고를 하도록 한 것은 창당 절차를 국민에게 알려 투명하게 처리하라는 취지인데, 중앙일간지에 공고하라고만 했으므로 중앙 일간신문이면 종합지든 전문지든 상관이 없다고 봐야 해요."

그래서 노인들은 노인신문에 창당 공고를 내고 창당 발기인 대회를 열기로 했다.

드디어 대망의 창당 대회가 열리는 날이 왔다. 우려했던 것과 달리 발기인들은 행사장에 자유로이 입장하였으며, 대회는 아무런 방해도 받지 않고 순조롭게 진행되었다.

"다음은 발기의 취지를 말씀드리도록 하겠습니다."

진행 순서에 따라 창당준비위원회의 간사가 단상으로

나왔다.

“우리 사회에서 인간의 수명은 점차 늘어나고 있으며 노인의 비중이 전체 인구의 절반 가까이 이르고 있습니다. 그러함에도 정부는 재정상의 이유를 들어 그동안 노인에게 주어지던 각종 복지를 축소하거나 폐지하였습니다. 또한 국가 경제의 성장에도 불구하고 우리 주변에는 여전히 부의 혜택으로부터 소외된 이웃이 넘쳐납니다. 이것은 노인과 사회적 약자를 위한 정당이 없기 때문입니다……”

간사가 발기의 취지를 막 읽기 시작할 때였다.

“마이크 전원 꺼.”

행사 참가자들이 일제히 소리가 나는 곳으로 고개를 돌렸다. 경찰들이 출입구를 봉쇄하고 있었다.

“여러분을 내란음모 혐의로 전원 체포한다.”

경찰 간부가 체포영장을 흔들며 말했다.

“모두 끌어내.”

간부의 명령에 경찰들이 노인들을 굴비 두름처럼 포승으로 엮어서 행사장 밖으로 끌고 나왔다.

정부의 방해로 창당에 실패한 노인들은 창당 대신 비밀리에 건국하기로 했다. 노인의, 노인에 의한, 노인을 위한 공화국을 이 땅에 세우기로 한 것이다. 사업명을 '뻐꾸기 프로젝트'로 정하고 건국준비위원회 임시 의장도 한섭 씨가 맡았다.

그날 한섭 씨와 지도부는 만약의 사태를 대비해서 창당 대회에 나타나지 않고 모처에서 결과를 기다리고 있었다. 시위대를 이끄는 지도부는 거의 학생 운동권 출신이라 경찰의 전략을 간파했다. 경찰은 창당 대회장에서 한섭 씨를 비롯한 시위대 지도부를 일망타진하려 행사 개최를 방해하지 않았던 것이다.

광장으로 나가는 노인들의 수가 매일같이 불어났다. 노인들은 최루탄을 발사하는 경찰에 화염병을 던지며 물러서지 않고 용감하게 싸웠다.

"이 작자들이 정말…… 한번 끝까지 가보겠다는 거야. 도대체 경찰들은 뭐 하는 거야. 그 노인네 하나 잡아들이지 못하고."

끓어 오르는 분노를 참지 못한 이동현 대통령은 급기야 국가 질서의 유지와 공공안녕 그리고 국민의 생명과 재산과 재산을 보호한다는 구실로 전국에 계엄령을 선포하고 군대를 동원했다. 22시부터 다음날 04시까지 야간 통행을 금지하고 언론 및 출판은 사전 검열을 받도록 했으며 허가받은 경우를 제외하고는 일체의 집회, 결사 등 단체행동도 금지했다.

많은 노인이 피를 흘리며 쓰러졌지만, 저항을 멈추지 않았다. 제압되더라도 항복하지는 않을 것이며, 힘으로 이길 수는 없어도 승리할 수 있다고 믿었다.

"어르신들, 이제 그만 집회를 해산하고 집으로 돌아가시기 바랍니다. 자진 해산하시는 분들은 정부에서 안전 귀가를 보장할 것입니다. 그러니 가족들이 있는 따듯한 집으로 어서 돌아가세요. 어르신들의 가족들이 지금 어르신들을 애타게 기다리고 있어요."

이동현 정권은 광장에 모인 노인들의 해산을 유도하기 위해 곳곳에서 귀가를 종용하는 방송을 내보내기도 했다.

자식들은 거리로 나와 처절하게 어버이를 부르며 찾았다.

"아버지, 어머니이…… 이제 그만 집으로 돌아오세요."

수는 많아도 동작이 느린 노인들은 젊고 건강한 군과

경찰의 상대가 되지 않았다. 무장한 경찰들은 시위대를 뚫고 들어가 노인들을 곤봉으로 마구 때렸다. 달아나는 노인들은 경찰들의 추격을 피하지 못하고 붙잡혀 끌려갔다. 젊은 시민들은 경찰과 정부군에 협조해서 거리에서 노인들을 보는 즉시 어디론가 끌고 가거나 신고했다. 전국에서 수많은 노인이 실종되었으며 처참한 주검으로 발견됐다. 노인들은 이 땅에서 철저한 이방인이었다.

시위대에 대한 정부의 탄압과 폭력이 날로 강도를 더하자, 시위대도 필사즉생의 각오로 맞섰다.

그러던 어느 날이었다.

군경의 강경 진압에 크게 밀린 시위대는 교각 위로 올라갔다. 시위대의 앞뒤에는 장갑차가 버티고 있었으며, 교각 아래에는 푸른 강물이 별일 없다는 듯 유유히 흐르고 있었다. 강물은 역사를 싣고 흘러갔다. 이 땅에 인간이 살기 시작한 후로 모든 역사를 말없이 지켜보았을 저 강물은 오늘의 역사를 어떻게 바라보고 있을 것인가.

"발포 명령이 떨어졌다. 저항하는 것들은 쏘아 버리든가 싹 다 강으로 밀어 넣어 버려."

진압군 지휘관의 명령에 지능을 가진 무인 장갑차 부대가 느린 속도로 드르륵 캐터필러를 굴리며 시위대를 향해 악마의 진격을 시작했다. 시위대로서는 더는 물러설 곳이 없었다. 이미 많이 상한 노인들은 피를 흘리면서도 서로의 손을 잡고 절망적인 순간을 함께 했다.

그때, 다가오는 장갑차에 밀려 뒷걸음치던 한 노인이 난간 위로 올라가더니, '노인 인권 보장하라!'고 외친 후 강으로 뛰어내렸다. 순식간에 벌어진 일이었다.

순간 모든 소리가 소거되며 노인들의 동작도 장갑차의 움직임도 비디오의 정지 화면처럼 멈췄다. 현실의 장면이 아닌 것 같았다. 풍덩 소리와 함께 세상은 제 속도를 찾았다. 장갑차들도 다시 움직이기 시작했다.

"한섭이, 이 사람 정신 차리게!"

누군가 한섭 씨를 붙잡고 흔들었다. 눈을 뜬 채로 잠시 꿈을 꾼 듯했다. 오래전에 벌어졌던 일이 오버랩 된 것이다.

"신이시어, 저 김한섭과 동지들을 구하소서."

시위대의 맨 앞줄에 선 한섭 씨는 평소 신을 믿지 않았지만, 전쟁터에서 신을 찾았다.

캐터필러 구르는 소리가 점점 가까이에서 들려왔다.

그때 선희 씨가 한섭 씨의 손을 꼭 잡았다.

"장관님과 보낸 짧은 시간, 저에겐 너무나 소중한 나날이었어요. 아아, 우리가 좀 더 일찍 만났더라면…… 그렇지만 이렇게 당신의 품에서 죽을 수 있어서 행복해요. 당신을 사랑해요."

선희 씨는 한섭 씨의 품에 안겼다.

"나도 사랑하오."

사랑할 때 사랑한다고 말해야 아쉬움이 남지 않는 것이다. 한섭 씨는 후회를 남기지 않고 죽기로 했다.

'정녕 이대로 죽는다는 말인가?' 한섭 씨는 선희 씨를 안고 눈을 질끈 감았다. 이제 장갑차와의 거리가 이삼십 미터나 남았을까. 마지막으로 힘을 주어 선희 씨를 끌어안은 한섭 씨는 포옹을 풀고 눈을 감은 채 천천히 앞으로 걸어 나갔다.

"한섭아, 안 돼, 한섭 씨, 안 돼요."

친구들과 지인들이 발을 동동거리며 소리를 질렀다.

그때였다.

"만세! 만세!"

느닷없는 만세 소리에 한섭 씨는 감았던 눈을 떴다.

기적은 있었다.

놀라운 일이 일어나고 있었다. 자신을 향해 진격해 오던 장갑차가 돌연 후진하는 것이 아닌가.

"신이시어, 감사합니다."

한섭 씨는 무릎을 꿇고 앉아 두 손 모아 신에게 감사드렸다.

선희 씨와 친구들은 한섭 씨에게 다가가 무릎 꿇고 기도를 드리는 그를 일으켜 세웠다.

"한섭이, 자네가 이겼네, 이겼어. 장갑차를 물리쳤다고."

노인들이 한섭 씨를 중심으로 서로 부둥켜안으며 만세를 외쳤다.

전쟁터에는 신이 있었다.

노인을 위한 나라는 있다

빠바밤 바바밤 빠바바바밤~

단원의 평균 연령이 80세인 시니어 필하모니 오케스트라가 연주하는 드보르작의 교향곡 제9번 「신세계로부터」의 4악장 도입부가 울려 퍼지고 있었다.

"이제 광장의 민주공화국 김한섭 초대 대통령이 연단에 오르겠습니다. 내외 귀빈 여러분께서는 큰 박수로 맞아주시기 바랍니다."

"김한섭! 김한섭! 김한섭!"

취임식 참석자들이 우레와 같은 박수를 보내며 김한섭을 연호했다.

외국 원수 자격으로 초청된 이동현 대통령은 가볍게

손뼉을 쳤다.

노인은 시대의 어버이요, 국가의 뿌리다. 뿌리 없는 나무가 어디 있으며, 어버이 없는 자식이 있겠는가. 노인은 나라를 이끌어 온 원훈이다. 그러함에도 불구하고 구 공화국 정부는 노인이 국가에 짐만 된다고 하여 해마다 경로우대정책을 축소하거나 폐지했다. 도대체 지금의 청장년층은 그동안 누구의 덕으로 살아왔는가? 우리의 덕에 살았으니 이제 우리를 봉양함이 마땅하다는 말을 하고자 함이 아니다. 우리가 바란 것은 그들의 봉양을 받는 것이 아니라 국가의 원훈에 걸맞는 대접이었다.

우리 노인들은 그동안 구 공화국 정부에 여러 차례 노인복지정책을 축소하지 말 것과 이것이 어려우면 근로 의욕이 있는 노인들에게 경력과 능력에 맞는 일자리를 부여할 것을 요구했다. 우리 역시 국가에 폐를 끼치기가 싫었기 때문이다. 하지만 구 공화국 정부는 노인을 위한 지원을 사회적 비용으로 인식하여 아무런 실질적 개선도 하지 않았다.

늙는 것은 자연의 이치다. 지금의 청장년들은 영원한

청장년으로 살 것 같지만 그들도 얼마 지나지 않아 우리와 같은 노인이 될 것이다. 어찌하여 순리를 깨우치지 못한다는 말인가. 더구나 인구는 급속히 노인층으로 유입되고 있으며 출산의 급격한 감소로 곧 노인 인구가 이 땅에서 절반을 넘을 것으로 확신한다.

이에 우리 노인들은 이 땅에 노인의, 노인에 의한, 노인을 위한 독립국가를 건국한다.

노인들이 구 공화국의 장갑차를 물리친 '민주의 다리' 위에서 건국 행사와 김한섭 대통령의 취임식이 열리고 있었다. 건국선언문을 읽어나가는 김한섭 대통령의 목소리가 가늘게 떨렸다. 이를 바라보는 노인들이 흘리는 눈물은 감동의 물결이 되어 넘쳤다.

얼마 전, 노인들의 눈물이 큰 강물을 이루고 성난 파도가 되어 이 땅을 뒤덮었다. 협상에 실패한 공화국 정부는 군경을 동원해 시위하던 노인들을 교각 위로 몰아넣고 최후의 작전을 감행 중이었다. 다리 아래에는 시퍼런 강물이 흐르고 있었다.

이동현 대통령은 군경 지휘관 및 참모들과 함께 관저 상황실에서 모니터로 모든 상황을 지켜보고 있었다.

"대통령님, 저것들 이제 독에 갇힌 쥡니다. 여차하면 쏴버릴까요?"

이동현 대통령이 엄지를 치켜세우더니 뒤집었다.

"장갑차 진격시켜! 저항하면 발포해도 좋다."

지휘관의 발포 명령이 즉시 현장에 전달되었다. 장갑차 부대가 굉음을 내며 진격을 시작했다. 퇴로마저 차단당한 노인들은 말 그대로 진퇴양난의 신세였다.

이때 한 노인이 뭐라고 외치는 것 같더니 갑자기 난간을 넘어 강으로 뛰어내렸다.

"어, 어, 어, 어…… 왜 저러는 거야?"

모니터로 현장을 지켜보던 사람들은 경악했다. 하지만 이동현 대통령은 태산처럼 미동도 하지 않았다.

대통령의 무표정을 쓱 쳐다본 지휘관이 부동자세로 현장에 시달했다.

"동요하지 말고 작전 그대로 수행한다!"

장갑차는 진격을 멈추지 않았다. 노인들은 넛크래커에 낀 호두처럼 으깨질 것이었다. 그 순간 시위대의 앞줄에 있던 한섭 씨가 다가오는 장갑차 앞으로 천천히 걸어 나갔다.

"저 노인네, 지금 뭐 하는 거야. 제정신이야."

모니터에 잡힌 한섭 씨의 모습을 보던 이동현 대통령이 버럭 소리를 질렀다.

"대통령님, 어떻게 할까요?"

지휘관이 다시 대통령의 지시를 기다렸다.

고개를 절레절레 흔들던 대통령이 손바닥으로 테이블을 내리칠 때였다. 비서관 한 사람이 긴급하게 상황실로 뛰어 들어오더니 대통령에게 쪽지를 전달했다. 사람들의 이목이 쏠렸다.

쪽지를 본 이 대통령의 표정이 분노로 일그러졌다.

"장갑차 세워!"

이동현 대통령은 모니터를 응시하며 즉시 모든 작전을 멈출 것을 명령했다.

"작전 중지! 작전 중지하라! 장갑차 정지! 후퇴하라!"

지휘관이 다급한 목소리로 현장에 작전 변경을 하달했다.

"만세! 만세!"

자신들을 향해 진격하던 장갑차가 한섭 씨의 코앞에서 멈추더니 총신을 돌리고 후진하자 노인들이 팔을 올려 만세를 부르며 환호했다.

이 장면을 지켜보던 이동현 대통령은 아무 말 없이 상황실을 떠났다.

통계청의 인구 총조사 결과가 발표되었다. 전체 공화국 인구의 절반에 육박한 65세 이상 노인들이 유권자의 절반을 훌쩍 넘어버렸다.

노인들은 당당히 독립을 선포했다. 건국준비위원회는 김한섭 씨를 새 공화국의 임시 대통령으로 추대했다.

김한섭 대통령은 각료 후보자들과 국호를 정하기 위한 절차에 돌입했다.

"국호는 나라의 정체성과 추구하는 정치적 방향을 포함해야 하는데 좋은 이름이 없을까요?"

김한섭 대통령이 의견을 구했다.

"정체성과 정치적 방향이라…… 우리나라는 민의의 광장에서 탄생하였으니 광장이라는 말이 꼭 들어가야 할 것 같군요."

그러면서 문화 분야 장관 후보자는 메모지에 광장이라고 썼다.

"광장이라, 광장……"

김한섭 대통령과 각료들이 '광장'을 발음해 보았다.

"광장은 여러 사람이 모여 소통하고 의견을 낼 수 있는 곳이니 의미가 있겠습니다."

경제 분야 장관 후보자가 손바닥으로 책상을 쳤다.

"다른 의견 있으면 말씀해 보시죠."

김한섭 대통령이 국무위원 후보자들을 둘러보았다.

"광장…… 당장은 입에 붙지 않아도 의미도 있고 괜찮은 것 같군요. 다만 나라 이름을 광장이라고만 지을 수는 없고 우리나라는 국민이 주인으로서 공화국 체제이니 광장과 민주와 공화국이라는 이 세 단어를 조합하면 될 것 같습니다."

헌법을 기초한 법무 담당 장관 후보자가 의견을 피력했다.

"그러면 광장, 민주, 공화국…… 광장의 민주공화국 어때요?"

다른 의견이 없자 임시 각료회의 의장인 김한섭 대통

령이 의사봉을 내리쳤다.

새 공화국은 국민투표를 통해 국호를 '광장의 민주공화국'이라 확정하고 헌법을 제정했다. 이와 함께 입법부와 사법부도 설치해 국가의 골격을 갖추었다.

2056년, 이 땅에 새로운 공화국이 탄생하였다.

목욕탕 정상회담

국력이 크게 위축된 구 공화국의 이동현 대통령은 새 공화국의 김한섭 대통령을 만나봐야겠다는 생각이 간절했다. 그는 참모들에게 양국 간의 정상회담을 추진하라고 지시했다.

곧 새 공화국으로부터 긍정적인 반응이 왔다.

김한섭 대통령은 귀국의 이동현 대통령을 언제든 만날 준비가 되어 있습니다. 일자는 귀국에서 정하시기 바랍니다. 대신 장소는 우리가 정하겠습니다. 이동현 대통령의 방문을 기대합니다.

"장소는 자기네가 정해? 어디 바다 건너가는 것도 아니고 두 나라 사이에 금 그어 놓은 것도 아닌데, 그러자고 하지 뭐."

답신을 받고 이동현 대통령은 흡족했다.

"되도록 빨리 날짜 잡아!"

구 공화국에서 회담 일자를 보내자 '광장의 민주공화국'이 회담 장소를 알려 왔다.

"조건이 있습니다."

"그게 뭐요?"

반드시 대통령님 혼자 방문하시랍니다.

구 공화국은 회담 장소를 샅샅이 수색했으나 수상한 점을 발견할 수 없었다. 그냥 목욕탕이라는 것이 유일하게 수상한 점이었다.

"혼자 입장하셔야 합니다."

이동현 대통령이 수행원들과 회담 장소에 도착하자 광장의 민주공화국 정부 관계자들이 영접하며 수행원들을 물리게 했다.

"기다려요."

이동현 대통령은 떨떠름한 표정을 지으며 회담장에 입장했다.

"죄송합니다. 옷을 모두 벗으셔야 합니다."

"뭐요? 뭐가 이래?"

"어서 들어오시오."

먼저 와서 탕에 몸을 담그고 기다리던 김한섭 대통령이 손을 흔들었다.

'김한섭 대통령 사우나'를 통째로 빌린 '광장의 민주공화국'의 김한섭 대통령은 이동현 대통령과 벌거벗은 채 단독 정상회담을 시작했다.

"물이 참 좋지요?"

불그스름한 빛깔이 도는 탕에서는 장미향이 났다.

"수요일은 장미향이라고 합니다. 대통령님과 허심탄회하게 의견을 나누고자 여기로 모셨습니다. 괜찮지요?"

김 대통령은 긴장한 기색을 감추지 못하는 이 대통령의 어깨에 손을 올렸다.

"걱정하지 말아요. 녹음장치나 몰래 카메라 같은 건 없으니……"

"목욕을 정말 좋아하시는 것 같습니다."

"물을 좋아하지요. 전생에 물에서 살았는지 난 어려서부터 물을 참 즐겼소. 대통령께서는 상선약수上善若水라는 말의 뜻을 아시죠?"

"최고의 선은 물과 같다는 뜻 아닙니까?"

"그렇소. 노자 도덕경에 나오는 말이오. 물은 낮은 곳으로 흐르고 장애물을 만나면 돌아가며 어떠한 형태로도 변하니 순리를 거스르는 법이 없지요. 사람의 삶 또한 결국은 순리대로 흘러가는 것 아니겠소. 강물이 흘러 바다로 가는 것을 피할 수 없듯 말이오. 그렇다면 바다는 누구의 나라겠소?"

"글쎄요. 바다라면…… 물고기의 나라, 아닐까요?"

"하하하, 바다는 우리가 태어난 곳이고 언젠가 모두 그곳으로 가니 우리 모두의 나라가 아니겠소?"

"……."

"자, 그만 나가볼까요?"

두 정상은 탕 밖으로 나와 욕실용 의자에 앉았다.

"이 대통령님, 한번 돌아보세요."

"왜 그러시죠?"

"글쎄, 돌아보시라니까. 이 늙은이가 어떻게 할까 봐 그러시우? 자, 돌아보세요."

이동현 대통령이 망설이며 돌아앉자 김한섭 대통령이

때수건으로 그의 등을 박박 문질렀다.

"어때요? 시원하시죠? 내 등도 좀 밀어 주시구려."

김 대통령이 샤워기로 이 대통령의 등에 물을 뿌려 주고는 돌아 앉았다.

이번엔 김 대통령으로부터 때수건을 건네받은 이 대통령이 김 대통령의 등을 문질렀다.

"좀 더 세게, 내 손 안 닿는 날갯죽지 부근. 그렇지, 거기 말이오. 거길 세게 좀 밀어봐요."

"어렸을 때, 아버지 등 밀어드리던 생각이 나네요. 그때 저희 아버지도 좀 세게 밀라고 타박하시곤 했죠."

"허허, 그래요? 좋은 추억이로군. 대통령님, 어렸을 때 잠수 많이 해보셨어요?"

이 대통령에게 등을 맡긴 김 대통령이 물었다.

"네, 수영장이나 목욕탕에 가서 더러 그러고 놀기도 했죠. 목욕탕에서 그러다 욕실 관리자나 아버지에게 여러 차례 혼났습니다."

"목욕탕에서요? 허허, 하긴 도회 출신인 이 대통령은 어디 자맥질할만한 개울도 없었겠죠. 그러니 목욕탕에서 그러고 놀았겠지."

김 대통령은 고향 마을에 흐르는 개울을 생각했다. 시골 아이들에게 개울은 천연 워터 파크였다. 한섭 씨는 개울에서 고무신과 슬리퍼가 벗겨져 떠내려가는 줄도 모르고 놀았다. 뜰채를 가져와 천렵도 하고 자맥질하다가 신발이 없어졌다는 것을 알고 맨발로 살금살금 집에 들어간 적도 여러 번이었다. 몸이 물살에 휘말려 바위에 부딪히고 깨지기도 했지만, 물놀이를 그치지 않았다. 매번 저녁상을 차려놓은 어머니가 개울가에 나와서 부르면 그제야 한섭 씨는 물에서 나오고는 했다. 물에서 노는 것이 그렇게 마냥 즐거웠다.

"시골 아이들이나 도시 아이들이나 사실 아이들이 노는 건 다 똑같지요. 아이들을 나무랄 일이 아니라 아이들이 뛰놀아야 할 들판을 없어버리고 개울을 덮은 어른들의 욕심이 문제인 것이오."

"생각지도 못했는데, 대통령님의 말씀을 듣고 보니 그러네요. 그런데 어르신인데도 아주 단단하십니다."

김 대통령의 때를 밀어주던 이 대통령이 김 대통령의 단단한 등 근육에 감탄하면서 맞장구를 쳤다.

"지금도 턱걸이 열 개쯤은 문제없소. 보통은 자기 눈에 띄는 가슴 운동만 열심히 하는데 눈에 보이지 않더라도 등 쪽을 많이 해야 이곳저곳 결리지 않고 건강한 법이오. 정치도 그렇지 않소. 실은 사각지대에 소외된 곳을 잘 챙겨야 건강한 사회가 되는 것과 마찬가지요."

젊은 대통령의 칭찬에 우쭐해진 김 대통령이 고개를 좌우로 한 번씩 꺾자 우두둑 소리가 났다.

"이 대통령님."

"말씀하세요. 대통령님."

"우리 한번 내기해 볼까요?"

"무슨 내기 말입니까? 턱걸이요?"

"하하하, 아니, 여기서 어떻게 턱걸이를 하겠소. 대통령님도 어려서 해봤다는 잠수 말이오. 대통령님께서 더 오래 버티면 내가 대통령님의 의견을 따르고 내가 더 오래 버티면 대통령님께서 내 의견을 수용하면 어때요?"

김 대통령이 고개를 반쯤 돌리고서 말했다.

말을 마친 김 대통령은 머리 끝까지 탕 속에 깊숙이 몸을 담갔다.

목욕탕 정상회담을 마친 두 정상은 합동 기자 회견을

했다.

"우리 두 사람은 다음과 같이 양국 간의 협정을 체결하기로 약속했습니다."

하나, 두 공화국은 이 땅의 영구불변한 평화 유지를 위해 어떤 경우에도 상호 도발하지 않는다. 이를 위해 상호 불가침조약을 체결한다.

둘, 두 공화국은 양국 국민의 자발적 의사에 따른 자유로운 국적 이동을 제한하지 않는다.

셋, 두 공화국은 기업의 자유로운 교역을 보장하고 경제 공동체로서 이 땅의 번영을 위해 상호 노력한다.

넷, 두 공화국은 상대국 국민을 자국민처럼 존중하고 보호한다.

다섯, 두 공화국은 외세의 침략 시 공동으로 대응하며 이를 위해 상호방위조약을 체결한다.

여섯, 두 공화국은 국민 갈등 및 세대 갈등을 불식하고 항구적인 평화 공존의 토대를 마련하기 위해, 인간 존중의 사상을 양국의 헌법 전문에 수록하고 경로효친의 사상을 각급 학교의 정규 교과에 편성한다……

"죽든 살든 너는 나와 함께 간다!"[16]

전신 로봇을 착용한 경찰관이 공포탄을 쏘며 경고하자 달아나던 가죽 재킷이 그대로 멈췄다. 노인을 상대로 퍽치기를 하다가 신고받고 출동한 경찰관에게 붙잡힌 것이었다. 가죽 재킷에게 전자 수갑을 채운 경찰관이 방탄 스마트 헬멧을 벗자 대머리가 드러났다. 잘 빗어 넘긴 가죽 재킷의 머리와 비교됐다.

입는 로봇은 노인들에게 어렸을 때 본 공상과학영화 로보캅의 꿈을 이루게 했다. 시니어 캅의 등장이었다.

세계 각국은 재래식 무기는 물론 착용 로봇 등 첨단 장비를 팔기 위해 김한섭 정부에 줄을 댔다. 간부 출신의 노인들은 장성으로 재입대했다. 외국에서 용병을 고용하기도 했으므로 광장의 민주공화국의 경찰력과 군사력은 취

16 SF영화 '로보캅'(1987)에 나오는 대사(Dead or alive you're coming with me)다.

약하지 않았다.

다른 분야에서도 전직은 다시 현직이 되어 일터로 나갔다. 회장과 이사장 같은 노인 기업인들은 모두 광장의 민주공화국으로 기업의 국적을 옮겼다. 기업은 노인과 이민자들을 고용해서 생산했다. 고용과 생산과 소비는 서로 톱니바퀴처럼 맞물려 돌아갔다.

광장의 민주공화국 정부는 로봇과 인공지능 사용으로 발생한 기업들의 초과 수익을 환수했다. 그리고 그 재원으로 기본소득과 경로연금을 지급하고 무상의료와 무상교통 정책을 시행했다.

광장의 민주공화국은 곧 이 땅에서 압도적인 세력으로 성장했다. 노인 인구의 자연적 증가와 사회적 취약 계층 등 구 공화국 국민의 자발적 이주로 건국을 선포하고 얼마 지나지 않아 광장의 민주공화국은 이 땅의 유일한 합법 정부로 세계 각국의 승인을 얻었으며 유엔에도 가입했다. 구 공화국은 이윽고 소멸하여 광장의 민주공화국에 흡수되었다.

통합 공화국의 젊은이들은 로봇이나 인공지능 같은 기계에게 일자리를 빼앗기지 않기 위해서 근면하고 성실하게 일해야 했다. 여러 가지 일에서 단순 생산성은 인간이 기계에 미치지 못했지만, 공화국은 사람을 많이 쓰는 기업에 세제 혜택과 관급 사업을 주며 고용을 독려했다. 성실한 노동의 대가로 젊은이들은 65세에 이르렀을 때, 비로소 광장의 민주공화국의 상민上民의 자격을 얻어 연금과 의료, 세제 등에서 마땅한 혜택을 누렸다.

언제까지나 평화와 안정과 번영의 나날이 계속될 것 같던 어느 날이었다. 김한섭 대통령에게 긴급한 보고가 들어왔다. 공화국의 젊은이들이 상민上民의 기준 연령을 낮추라며 전국에서 동시다발적인 기습 시위를 벌인다는 거였다.

"결국은 연금 수급과 무상의료의 수혜 시기를 앞당기라는 요구입니다. 어떻게 대처할까요?"

보고를 마친 비서관이 대통령의 표정을 살피며 의사를 물었다.

보고를 듣고 한동안 대답이 없던 대통령은 일어서 창가로 걸어갔다.

"우리는 누구에게나 의사 표현의 자유가 보장된 민주

공화국이 아닌가. 그들이 왜 그러고 싶지 않겠는가. 하지만 공화국의 상민 기준을 낮추는 일은 국민투표에 부쳐야 할 일이야. 어디 한번 투표에 부쳐볼까요?"

말을 마친 대통령은 고개를 돌려 창밖의 푸른 정원을 가만히 응시했다.

어느 화창한 휴일, 김한섭 대통령은 비서들과 함께 가까운 산에 올랐다. 휴일을 만끽하던 시민들이 대통령에게 다가오자 경호원들이 팔을 벌리고 막아섰다.

"우린 대통령님의 지지자입니다. 사진 한 번 같이 찍는 것도 안 되나요?"

"죄송합니다. 더 다가오시면 안 됩니다."

"됐네. 그냥 두게."

경호원들에게 물러나라고 지시한 대통령이 천천히 등산객들에게 다가가더니 일일이 다정하게 손을 잡아주며 그들의 말을 경청했다. 등산객들은 핸드폰으로 대통령과 사진을 찍으면서 환하게 웃었다. 한 시민이 따라준 막걸리를 대통령이 단숨에 들이키자 등산객들의 박수가 터져 나왔다.

"카, 시원하다. 술을 줬으면 안주도 내야 할 거 아닙니까. 뭐 머릿고기 같은 거라도 없습니까?"

다른 시민이 경호원들에게도 술을 권하자 대통령이 말렸다.

"안 됩니다. 그 친구는 지금 근무 중이라서요."

산에서 내려온 대통령은 오랜만에 자주 들르던 암반수 사우나로 갔다.

탈의실에서 대통령을 본 시민들이 놀라워했다.

"보세요. 저 김한섭은 여러분과 조금도 다르지 않답니다."

대통령은 양팔을 활짝 벌리며 사람들에게 말했다.

"하지만 사진 찍으시면 안 됩니다."

2년 후, 김한섭 대통령은 공화국의 새 헌법에 따라 실시한 국민투표에서 압도적인 지지를 얻어 임기 4년의 대통령에 당선되었다. 비록 전통적인 혼인 관계는 아니었지만, 권선희 여사는 수년간 퍼스트 레이디 역할을 아무 탈 없이 수행했다. 사실혼과 동성혼 등 새로운 유형의 혼인 증가에 따라 공화국에서 사실혼 관계의 대통령 부부에게 시비를 거는 사람은 찾아보기 어려웠다.

하루는 집무실에 있는 김한섭 대통령에게 권선희 여사로부터 퍼스트 독 아롱이가 위급하다는 연락이 왔다. 이미 대여섯 달 전부터 식욕이 떨어진 아롱이는 대소변도 잘 가리지 못하고 하루에도 몇 번씩 한자리에서 맴을 도는 의미 없는 행동을 반복하고 있었다.

"이제는 준비하셔야 할 것 같습니다."

수개월 전, 아롱이를 진찰한 수의사가 녀석의 머리를 쓰다듬으며 일어섰다.

"심장과 신장 기능이 좋지 않고 치매까지 상당히 진행돼서…… 앞도 잘 보지 못하니까 복잡한 것들 다 치워주시고요……"

김한섭 대통령이 급히 달려갔을 때 아롱이는 권선희 여사의 무릎 위에서 '무지개 다리'를 건너고 있었다.

아롱인 한때 독거노인이던 김한섭 대통령의 유일한 반려였다. 한섭 씨가 밖으로 나갈 때 꾸벅 고개 숙여 인사하는 모습이 사람과 다르지 않았다. 녀석은 한섭 씨가 불 꺼진 집으로 돌아오면 현관 앞에서 기다리고 있다가 뱅글뱅

글 돌면서 기쁨을 표현했다. 아롱인 한섭 씨의 고독을 달래준 벗이었고 한섭 씨는 아롱이의 주인이 아니라 친구였다.

작별 인사도 못 하고 친구를 보냈지만, 한섭 씨는 서운하지 않았다.

먼저 가 있어, 친구야!

더 좋은 곳에서 우리 다시 만날 때까지

조금만 기다려줘

꼬리 흔들며 뛰어와

내 품에 안기며 볼을 핥아줄 친구가 있어

눈을 감아도 쓸쓸하지 않다네

한섭 씨는 조사弔詞를 써서 무지개 저편의 아롱이에게 부쳤다.

"첫 단추를 잘 채워야 하는 법입니다."

지지자들의 만류에도 불구하고 4년의 임기를 마치고 한섭 씨는 스스로 대통령직에서 내려왔다. 공화국의 평범한 상민上民으로 돌아간 그는 새 대통령의 취임식이 끝나자마자 가까운 대중목욕탕부터 찾았다. 취임식 행사가 진행되는 동안 몸이 뻐근하고 근질거려 견딜 수가 없었던 것이다. 한섭 씨는 벌거벗은 채로 벌거벗은 사람들에게 둘러싸여 박수를 받았다.

"대통령님, 정말 수고 많으셨습니다. 여기선 뭐 따로 드릴 만한 것도 없고 해서 말입니다."

한 시민이 수줍어하며 한섭 씨에게 바나나 우유를 내밀었다.

우유에서 바나나 맛을 내다니, 우유라고는 흰 우유와 초코 우유밖에 없을 때 출시된 바나나 우유는 맛의 연금술이었으며 신세계였다. 하루는 어머니가 한섭이를 점방에 데리고 가서 새로 나온 바나나 우유를 사줬다. 맛이 조금 이상하긴 했으나 바나나 우유를 처음 먹어보는 어린 한섭은 조금만 남기고 한 통을 거의 다 비웠다. 한 방울이라도 버리기 아까웠던지 아들이 남긴 우유를 마시던 어머닌 갑자기 입에서 우유를 게워냈다.

"넌 이걸 어떻게 마셨니? 맛이 이상하면 먹질 말았어야지."

냉장고가 흔치 않던 시절, 시골 점방의 우유가 상했던 거였다. 다행히 별 탈은 없었지만, 한섭 씨는 어른이 되어서도 바나나 우유를 보면 어머니가 사준 그 바나나 우유 생각이 났다.

"고맙습니다. 탕에 들어갔다가 나와서 잘 마시겠습니다."

'그래, 이게 바로 사는 맛이지', 온탕에 몸을 담그고 있으니 어깨에 쌓인 피로가 눈 녹듯 녹아내렸다. 한섭 씨는 오랜만에 세신과 마사지를 받았다. 아무리 기술이 발달해도 세신과 마사지는 기계가 사람의 손을 당할 수 없었다.

"아따, 대통령님, 이런 말씀 드리기가 뭣합니다만, 무지 쫄깃하시네요."

한섭 씨의 탄탄한 뒷등에 감탄한 세신사가 빈 손바닥으로 때수건을 둘둘 감은 손바닥을 탁 소리 나게 치더니 말했다.

"자, 그럼 돌아누워 보실까요?"

시원하게 목욕을 마친 한섭 씨가 비용을 지불하려고 하자 세신사는 결단코 받지 않으려 했다.

"오늘 같은 날은 공짜로 세신 서비스 해드립니다. 아니

세신비 안 받겠다는데, 그거 하나도 내 마음대로 못합니까. 전직 대통령께서 아무리 반대하셔도 소용없습니다."

한섭 씨는 바나나 우유를 사서 세신사에게 건넸다.

퇴임하고 얼마 지나지 않은 어느 날, 유유자적한 생활을 즐기던 한섭 씨는 한 통의 편지를 받았다.

대통령님, 먼저 명예로운 퇴임을 축하드립니다. 고생 많으셨습니다. 저는 공화국 상민 구종길이라고 합니다. 혹시 저를 기억하실지요? 기억하지 못하셔도 좋습니다. 우리 나이가 되면 다 그러하니 그러려니 하고 이해합니다.

칠 년 전의 어느 날이었습니다. 저는 그날 편의점에서 컵라면과 소주, 김치, 담배와 라이터를 절도하고 이어서 판사를 폭행한 혐의로 재판에 넘겨져 징역 6월의 실형을 선고받아 복역하였습니다. 지금 생각하면 평생 성실하게 살았던 제가 왜 그런 부끄러운 일을 저질렀는지 모르겠습니다.

대통령님께서는 그때 생면부지의 저를 위해 법원에 탄

원서도 제출하시고 구속된 저의 석방을 위해 시위도 하셨습니다. 그러함에도 불구하고 이 부끄러운 사람은 그간 대통령님께 감사하다는 말 한마디 전달치 못했습니다.

복역을 마치고 나오니 새로운 세상이 열리더군요. 저는 '광장의 민주공화국' 상민이 되길 희망했고 전과에도 불구하고 공화국에서는 저를 따듯하게 받아 주었습니다. 연금을 받으면서 편하게 노년을 보낼 수도 있었지만 일하고자 하는 욕구가 있던 제게 국가에서는 경력을 우대하여 안정된 자리도 마련해 주었습니다. 노인회관에서 은퇴 후 연금생활자들의 자산관리 컨설팅을 하는 것이 저의 일이었죠. 비록 급여는 적었으나 존재감을 느끼는 보람찬 일이었습니다. 지금에 와서 고백합니다만, 현직에 있을 때 어르신들을 부추겨 쌈짓돈을 수수료 높은 고위험성 자산에 투자하도록 한 저로서는 연금생활자들의 자산을 관리하는 것은 사실 정반대의 일이었습니다.

지금은 컨설턴트로 일하면서 알게 된 한 여인과 즐거운 시간을 보내면서 언젠가 다가올 행복한 여행을 함께 꿈꾸고 있습니다.

가끔 편의점에 들르면 컵라면과 소주를 집어 들곤 합

니다. 물론 계산은 하고 나오지요. 그런데 말입니다, 똑같은 라면과 술임에도 이상하게 그날 훔쳐 먹은 그 맛이 나질 않으니 이상한 일 아닙니까?

새로운 세상을 여시고 이 땅의 수많은 노인에게 새 삶을 주신 대통령님, 기회를 주신다면 꼭 한번 뵙고 인사드리고 싶습니다. 일부러 시간을 내주실 필요는 없고 사우나가 취미라 하시니 사우나에서 뵈어도 좋을 것 같습니다. 아무 때고 김한섭 대통령 사우나로 가면 뵐 수 있겠지요?

그럼 건강하시기 바랍니다.

PS : 혹시 소식 들으셨습니까? 최고의 아이돌 스타 S모 군이 최근 최고급 자가용 비행기를 장만했는데, ○○그룹 미망인 Y 여사가 선물한 것이라고 합니다. 뒷이야기가 궁금하시면 사우나에서 to be continued……

장발장 노인 구종길 올림

한섭 씨는 S 군과 Y 여사의 뒷이야기가 궁금해 미칠 지경이었다. 한섭 씨도 탤런트 출신인 Y 여사의 오랜 팬이었다.

권 여사는 소망대로 한섭 씨의 품에 안겨서 행복한 여행을 떠났다.

한섭 씨의 하루는 여전히 사우나에서 시작했다.

그러던 어느 날 아침,

"대통령님, 대통령님……"

한섭 씨가 오랫동안 나오지 않는 걸 이상하게 여긴 욕실 관리자가 탕에서 비스듬히 앉아 있는 그를 흔들며 불렀다.

한섭 씨는 마치 꿈을 꾸듯 눈을 감고 있었다.

드보르작의 교향곡 제9번 「신세계로부터」의 2악장 라르고가 흐르는 가운데 광장의 민주공화국 김한섭 초대 대통령의 영결식이 밑에 푸른 강물이 흐르는 민주의 다리 위에서 열렸다.

"대통령께서는 젊어서는 민주화를 위해 피 흘리며 헌신하셨습니다. 이후에는 국가 공무원으로서 수석 비서관과 장관, 국회의원을 역임하시며 국민의 삶을 풍족하고 윤택하게 하고자 진력을 다해 봉사하셨습니다. 다시 국가가 어려워지고 국민의 삶이 피폐해지자 편안한 노후 생활을 뒤로 하고 어려운 국민의 편에서 일어서 이 땅에 국민이 참된 주인인 새로운 공화국을 건국하셨습니다. 일찍이 없던 참으로 정의로운 삶이었습니다……”

떨리는 목소리로 김한섭 대통령의 약력을 읽어나가던 장례위원장이 끝내 슬픔을 누르지 못하자 참석자들이 참고 있던 눈물을 떨구었다.

영결식을 마치고 장지로 향하는 김한섭 대통령의 운구 행렬은 수 킬로에 달했다.

“우리 모두는 원래 없던 것이고 잠시 눈을 뜨고 있다가 감으면 다시 영원히 없는 것일세. 내 죽거든 비석 하나도 세우지 말고 찾아올 필요도 없네. 다 쓸데없는 일이야.”

장례위원회는 한섭 씨가 평소 주변 사람들에게 하던 말을 유지로 받들어 고향에 흐르는 강에 그의 유해를 띄웠다.

어디선가 물새 한 마리가 날아와 공중을 선회하더니 서쪽 하늘로 사라졌다.

저 멀리, 하늘과 강이 붉게 물들었다. 내일도 강물은 바다로, 바다로 나아갈 것이다.

제가 소설을 쓰는 속도보다 세상이 훨씬 빠른 속도로 변한다는 것을 이번 소설을 쓰면서 깨달았습니다.

이 소설을 처음 구상한 십여 년 전만 해도 우리 사회에서 노인 문제에 주목하는 시선은 증권사에서 발행하는 이코노미 리뷰 등을 빼면 그리 많지 않았습니다. 여기서 노인 문제라고 하는 것은 단순히 노인에게 일어나는 문제만을 가리키는 것이 아닙니다. 생산, 고용, 소비의 변화 등 인구 구조의 변동에 따라서 발생하는 여러 가지 사회적 현상을 일컫는 말이지요.

하지만 이따금 터져 나오는 노인 폄하 발언이나 노인 혐오 표현에서 알 수 있듯 그동안 우리 사회는 노인을 거추장스러운 존재로 인식하고 노인 문제에 대하여 적극적인 대처를 하지 않았습니다. 그 결과 우리나라는 고령화와 사회 구조의 변화에 여전히 취약하며 OECD 국가 가운데 압도적으로 높은 노인빈곤율과 노인자살률을 나타내고 있습니다.

노인으로 태어나는 사람은 없습니다. 그리고 노화를 피할 수 있는 사람도 없습니다. 따라서 노인 문제는 사회 구성원 모두의 문제라 할 것입니다. 그런데도 우리 사회는 노인 문제를 노인만의 문제로 떼어놓고 생각하는 경향이 있습니다. 문제는 바로 여기에 있다고 봅니다. 노인 문제를 노인만의 문제로 인식하면 앞서 말한 노인 문제의 개선을 기대할 수 없을 테니까요.

저는 이 소설을 산업화의 역군인 노인 세대에 대한 사회적 처우가 열악한 현실을 말하고자 쓰지 않았습니다. 소설의 시대적 배경을 현재가 아니라 가까운 미래로 설정한 것은 노인 문제가 지금 노인들만의 문제가 아니라 실은 곧 노인으로 편입되는 중장년 그리고 언젠가 노인이 될 청년 세대 등을 아우른 문제임을 보여주고 싶었기 때문입니다.

착상은 꽤 오래전에 했지만, 이 소설을 집필한 것은 재작년입니다. 그런데 채 2년도 지나지 않아 이제는 늙어가는 대한민국에 대한 뉴스가 아침저녁으로 쏟아져 나오고 있습니다. 너무나 빠르게 변화하는 세상에 맞추고자 이미 써놓은 부분을 자꾸만 손대야 했습니다. 이러다가는 끝이 없겠다 싶어서 일단 세상과 미래 세계에 내놓습니다.

머지않은 미래 사회를 배경으로 하다 보니 이 소설은 어쩔 수 없이 SF적인 성격을 띠게 되었습니다. 하지만 저는 이 소설이 그저 SF가 아니라 SSF로 불리길 바랍니다. 사회과학소설 Social Science Fiction 말입니다. 또한 미래 사회를 배경으로 현재의 문제를 꼬집은 알레고리이자 블랙코미디로 읽혔으면 합니다.

현대 사회의 여러 문명과 제도는 앞서간 작가들의 상상력에 빚지고 있습니다. 우리 사회의 어둠은 그들이 생각한 디스토피아의 세계일 것입니다. 독자들이 이 소설을 심각하게 읽지 않았으면 하지만 한편으로는 저의 상상이 미래에 구현되기 전에 지금의 세상이 바뀌기 바라는 마음도 듭니다. 그렇다고 문학을 사회 변혁의 도구로 생각하지는 않습니다. 저는 문학 그 자체를 어떤 가치보다 높이 치는 문학 순수주의적인 성향을 가진 사람이거든요.

앞선 소설집 『욕망의 배 페스카마』에서는 우리 사회의 부조리한 현실을 그렸습니다. 『노인을 위한 나라는 있다』에서는 미래 사회에 예상되는 부조리를 다루었으니 등단 후 발표한 작품들이 사회 고발과 참여의 성격을 가진다고 하겠습니다. 의도치 않게 그렇게 되었을 뿐이라는 것을 밝혀둡니다. 모쪼록 『노인을 위한 나라는 있다』가 늙든 젊든 많은 독자 여러분께 재미있게 읽히고 오래오래 사랑받았으면 합니다.

잘 가라! 그리고 널리 널리 퍼지거라! 손오공의 털 같은 내 분신이여! 치키치키차카차카초코초코초!*

2024년, 세 마리의 개가 필요한 겨울밤에

가까운 미래를 꿈꾸며

정성문

---

*「날아라 슈퍼보드」에서

말하라! 젊은이들이여!
어찌하여 그대들은 위대한 그대들의 조국을
그렇게도 빨리 잃었는지.

- 그나이우스 나이비우스 (BC270? ~ BC201?)